CONFÉRENCE DU LUXEMBOURG

PARIS
MAISON DE LA BONNE PRESSE
8, RUE FRANÇOIS I^er, 8

# LE ROMAN ET L'HISTOIRE

# Boissarie



# Zola

CONFÉRENCE DU LUXEMBOURG

PARIS
*MAISON DE LA BONNE PRESSE*
8, RUE FRANÇOIS Ier
1895

# POURQUOI CETTE BROCHURE ?

— Pourquoi ?

— Mais, parce que les récentes attaques contre Lourdes, et particulièrement celles de M. Zola, l'ont rendue nécessaire.

Ennemi né de toute discussion inutile, croyant les vérités qu'il défend bien au-dessus des pamphlets d'une certaine presse, le Dr Boissarie, médecin annaliste de la Grotte, avait travaillé jusqu'ici dans ces régions sereines de la science, où l'on n'a ni le temps, ni la pensée de s'occuper des contradictions qui ne sont ni scientifiques ni courtoises.

Aujourd'hui, la situation a changé, et c'est dans son domaine, à la fois scientifique et médical, qu'on vient attaquer le docteur et lui offrir la bataille.

Cette discussion, il ne l'a ni cherchée, ni désirée, ni crainte.

Il pourrait même la récuser, sans se voir désapprouver d'aucun de ses confrères, car, par une de ces contradictions étranges — les choses ont souvent de ces suprêmes ironies, — celui qui surtout l'a provoqué sur le terrain *médical* et *scientifique* n'est ni un *médecin* ni un *savant!*

Nous savons bien que M. Zola se pare avec une certaine coquetterie du titre de docteur ès sciences humaines; mais chacun peut s'offrir un titre de cette valeur, c'est-à-dire qu'elle n'est pas bien sérieuse.

Pourtant le docteur n'a pas voulu se dérober. En justice il y a un proverbe qui s'énonce ainsi : *Summum jus, summa injuria.* C'est-à-dire qu'on peut devenir très coupable envers le prochain et surtout envers les faibles en allant *jusqu'au bout* de son droit. Et c'est pour ne pas encourir cette responsabilité que M. Boissarie a parlé, le 21 novembre, au cercle du Luxembourg; c'est pour le même motif qu'il écrit aujourd'hui.

Il a pensé aux souffrants et aux petits qui pourraient voir un jour devant eux le livre de M. Zola, le lire et y trouver le doute et la désespérance.

La scène est facile à évoquer :

Figurez-vous cette pauvre malade qui croyait à Lourdes. Le médecin de son village venait la voir, et dans ses yeux, dans ceux de ses parents, elle lisait clairement qu'au point de vue humain, elle était perdue, cent fois perdue. Oui, mais elle avait toujours, comme suprême réserve, la grande force de ceux qui ont la foi; et, dans le secret de son cœur elle répétait sans cesse la phrase de la malade de l'Évangile : « J'irai et il me guérira! »

J'irai à Lourdes et, quand le Saint-Sacrement passera, je me jetterai à ses pieds, et, confiante dans la Vierge de la Grotte, je trouverai un de ces accents qui vont au cœur de Dieu et font jaillir le miracle!

Et puis, un jour, le livre de Zola lui tombera sous la main, elle apprendra que toutes ces merveilles ne sont qu'illusion et mensonges; que le miracle n'est que le produit d'une suggestion plus ou moins prolongée et qui atteint à Lourdes son maximum d'intensité. Devant tous ces *qui sait*, devant tous ces *peut-être*, sa foi se repliera tristement comme une belle fleur touchée par un souffle malfaisant; et, en face de la popularité trop grande de M. Zola dans un certain milieu ouvrier, elle dira la parole des faibles et des timides : « Qui suis-je, moi, pour entrer en lutte et contredire un romancier célèbre, dont les livres se vendent par milliers?..... »

Et c'est pour défendre cette faiblesse, c'est pour protéger cette foi que la conférence du Luxembourg a été mise ainsi en brochure. On espère, on est sûr que le succès éclatant du Dr Boissarie dépassera les limites de la capitale, et ira apprendre, partout où cela est nécessaire, que la Sainte Vierge n'est pas attaquée impunément. On remarquera le soin jaloux avec lequel, sûr de la cause qu'il défend, le savant annaliste se confine dans le terrain scientifique des faits, faisant violence à son cœur et à sa foi pour les empêcher d'intervenir dans le débat, restant calme dans sa force, courtois toujours devant des adversaires qui ont parfois oublié de l'être.

On raconte, dans l'antiquité, que la déesse de la Bienfaisance suivait en boitant le génie du Mal, cherchant à réparer avec des moyens inférieurs et des forces amoindries les ravages accomplis au travers de l'humanité; c'est quelque chose comme cela qui va se passer aujourd'hui.

Nous nous employons à réparer le mal fait dans notre société par le livre de M. Zola. Seuls, laissés à nos propres forces, la réparation sera *fatalement imparfaite*. Mais si *tous* les amis de la Sainte Vierge entrent en ligne, s'ils prennent ce petit livre, qui emprunte au caractère officiel de son auteur une autorité UNIQUE et *incontestable*, s'ils le répandent, oh ! alors, comme les choses changent de face et comme les chances s'égalisent !

Vous agirez ainsi, n'est-ce pas, amis lecteurs ? Vous ne refuserez pas de nous aider à défendre celle dont votre mère vous apprit jadis à bénir le nom ! C'est là notre plus grand espoir, et ce sera notre meilleur encouragement !.....

---

A peine M. Zola a-t-il mis le pied sur le quai de Lourdes qu'il se prête à tous les interviews et à toutes les publicités.

## AVANT LA CONFÉRENCE

Depuis longtemps, la réponse du Dr Boissarie au livre de M. Zola était attendue à Paris. On savait qu'il avait déjà répondu en divers endroits, à Bruxelles et à Louvain, mais il était évident qu'une conférence à Paris devait avoir une portée et une signification *particulièrement grandes*.

La difficulté, c'est qu'une foule de familles parisiennes ne rentrent dans la capitale que pendant le mois d'octobre. Or, étant donné le temps nécessaire à la réinstallation, à la reprise des habitudes d'hiver, il fallait attendre le mois de novembre pour que la conférence eût toute la publicité désirable.

Quant au local, il était tout désigné : la question étant à la fois médicale, scientifique et religieuse, devait être traitée au cercle du Luxembourg, situé en plein quartier de professeurs et d'étudiants.

L'abbé Fonssagrives, l'éminent directeur du cercle, déploya, en cette circonstance, l'activité intelligente et la courtoisie qui lui ont valu depuis longtemps l'estime et la reconnaissance de tous ceux qui touchent de près ou de loin à l'éducation.

Les invitations furent donc lancées, toute la publicité désirable fut donnée à la conférence; et, dès le début, on pressentit qu'il y aurait grande foule rue du Luxembourg, le 21 novembre.

Tout, d'ailleurs, y contribuait : et la question qui était brûlante, et la personnalité du Dr Boissarie parlant au cercle pour la première fois. D'ailleurs, on se figure difficilement à quel point « *au Quartier* » on discute à fond toutes ces questions qui se trouvent aux confins mystérieux de la science et de la religion.

L'affluence dépassa encore les prévisions. La salle du cercle est fort grande ; dans la circonstance, elle se trouva trop petite. Bien avant la séance, les étudiants, les médecins, les reporters du tous les journaux de Paris avaient pris place ; on sentait, cette fois-ci, que la question était nettement posée, devant un public d'élite, que le duel était à mort, et que si le Dr Boissarie triomphait, il ne resterait plus qu'à classer le roman de M. Zola parmi les œuvres d'imagination qui perdent toute valeur devant les esprits sérieux.....

J'entends un de mes amis lancer cette phrase : *Le docteur a assumé une responsabilité terrible!*

C'est vrai. Mais aussitôt qu'il paraît, on sent qu'il est de taille à la soutenir. C'est un homme si sérieux, il ne fera pas de phrases ; des faits précis, des démonstrations nettes, c'est ce qu'il apporte, c'est ce que toute la salle demande.

D'ailleurs, le docteur a ses preuves avec lui, car il a fait venir, pour cette circonstance solennelle, plusieurs malades guéris à Lourdes. Rien qu'à voir sur l'estrade ces personnes simples, à la figure modeste, presque craintive, à la toilette souvent très pauvre, on comprend immédiatement qu'il y a là quelque chose de grave, qui n'a rien à voir avec le théâtre et la mise en scène, et que le besoin de démontrer la vérité d'une manière péremptoire, en donnant à l'autorité de sa parole l'autorité du fait palpable, a seul inspiré l'annaliste de la Grotte.

Cette remarque, tout le monde l'a faite, et avant de parler, le docteur semblait presque déjà avoir convaincu la salle. Écoutez plutôt le commencement de l'article des *Débats* du 21 novembre :

« On a pu voir au cercle catholique du Luxembourg, sur l'estrade, une douzaine de « miraculés, » calmes, promenant leurs regards placides sur un millier d'assistants et protestant PAR LEUR SEULE PRÉSENCE contre les théories et les explications développées par M. Zola dans son dernier roman. Parmi eux, un aveugle qui avait recouvré la vue, plusieurs tuberculeuses, dont les cavernes s'étaient cicatrisées, une fillette, dont la jambe trop courte avait poussé au contact de l'eau bienfaisante, et, enfin, Élise Rouquet, *alias* Marie Lemarchand, la pauvre femme au lupus du roman de M. Zola. »

Et quel curieux spectacle que toute cette assemblée, venue dans ce cercle, en plein XIXe siècle, pour entendre justifier et venger le *surnaturel*. Il y avait là, mêlés aux étudiants, des notabilités de la politique et du monde. On en voyait qui taillaient des crayons, s'apprêtant en silence à prendre des notes. Toute cette foule s'agitait au pied de l'estrade, devant Notre-Dame de Lourdes, que le Dr Boissarie, homme de foi par dessus tout, avait fait disposer au milieu des trophées, voulant que ce fût elle qui dirigeât la bataille et remportât la victoire.

A 8 heures, la salle est comble, les portes ont été *enlevées* de leurs gonds, les couloirs regorgent de personnes qui ne peuvent plus entrer. A la hâte on bâtit, tant bien que mal, une estrade supplémentaire, qui est littéralement prise d'assaut.

A côté du docteur on remarque le représentant du nonce, Mgr Peri-Morozini..... Et devant cette foule brillante, je pense aux paroles de mon ami : « C'est une terrible responsabilité qu'assume l'annaliste de la Grotte!..... »

Enfin, le moment est venu, le docteur va parler. M. Boissarie est de taille ordinaire, et puisque M. Zola s'est plu à le ridiculiser, il nous plait, à nous, de rétablir la vérité. En le voyant, tout de suite on se dit : « C'est un médecin ou un officier de marine ! » Le fait est que le Dr Boissarie touche à la marine par bien des côtés, puisque, sur cinq fils, il en a trois qui sont officiers sur mer. Le quatrième se prépare à être prêtre.

La parole du docteur est brève, précise, le geste est rare. On sent l'homme de science. Encore une fois, c'est l'homme que la salle demandait, c'est celui qu'elle écoute déjà. Maintenant, faisons comme elle.

---

# LE ROMAN ET L'HISTOIRE

## ZOLA ET LA CLINIQUE DE LOURDES

*Conférence faite le 21 novembre, au Cercle du Luxembourg.*

L'hiver dernier, je faisais une conférence à Bruxelles dans la grande salle du palais des académies. Sur toutes les colonnes de l'édifice, on voyait affiché en gros caractères le nom de Lourdes avec le programme de la conférence.

Ce nom éveille chez nos voisins la sympathie la plus vive et nulle part ailleurs nos pèlerinages ne sont plus populaires.

En franchissant le seuil de ce palais, ma pensée se reportait vers la France et je me disais : « Pourrons-nous un jour inscrire le nom de Lourdes sur la porte de notre institut ? Pourrons-nous exposer devant nos académies les faits extraordinaires dont nous sommes les témoins ? »

C'était un rêve irréalisable.

Mais le temps fait son œuvre ; les préjugés s'en vont. Le jour n'est pas éloigné où toutes ces questions pourront être débattues au grand jour.

En attendant, il manquait à ma parole une consécration depuis longtemps désirée : la vôtre.

C'est ici que toutes les grandes questions qui touchent à nos intérêts religieux doivent être étudiées.

La cause que je sers peut sans doute se passer du suffrage des hommes. Mais moi, je dois me demander si je suis à la hauteur de la mission qui m'incombe : j'ai besoin de vos suffrages.

Je viens chercher parmi vous des collaborateurs et des guides. Dans ce champ du miracle qui a retrouvé sa fécondité sur notre terre de France, la moisson est abondante : les ouvriers peu nombreux. Parmi vous, j'espère trouver des auxiliaires.

Le sujet de ma conférence m'est imposé par une question d'actualité, qui, demain, aura disparu de nos préoccupations, qui tient encore une trop grande place dans l'opinion.

Je veux parler du dernier ouvrage de Zola sur Lourdes.

J'ai été directement pris à parti. J'ai le droit de réponse. Cette réponse, je vous l'apporte.

Je vous démontrerai que Zola n'a voulu ni la lumière, ni la vérité. Et s'il n'a pas trouvé le surnaturel au bout de sa plume, c'est qu'il l'a cherché comme on cherche l'âme avec un scalpel en disséquant le cerveau.

Ce qui frappe le plus chez Zola, c'est l'ignorance, consciente ou non, des sujets qu'il traite. A Lourdes, il est resté treize ou quatorze jours absorbé par des visites incessantes, par une nuée de reporters, par le soin de sa popularité, et pas une femme n'a de sa beauté le souci que Zola prend de sa mise en scène. Il est toujours devant l'objectif.

C'est dans ces conditions qu'il a tout vu, tout jugé.

Du reste, c'est de propos délibéré qu'il n'étudie pas :

« Ma première vision, dit-il, est la plus exacte;
» mon œil est un objectif où toutes les images
» viennent du premier coup se fixer. Si je reviens
» plusieurs fois devant le même spectacle, la vision
» s'obscurcit : tout devient indécis et flou. »

Dans ces conditions, on ne fait pas de la science, on ne fait pas de l'histoire, on fait de la photographie.

Zola est resté deux heures dans le bureau des médecins; il n'a pas pris une note; il n'a suivi aucune des guérisons dont il avait été le témoin; il n'a fait aucune enquête, et il écrit plus de deux cents pages dans son livre sur ces guérisons. Il critique nos moyens de contrôle et nous trace un programme qui va, dit-il, nous mettre à l'abri de toute erreur.

Si son ignorance est un sujet d'étonnement, sa bonne foi n'est pas admissible; quand on refuse d'étudier, quand on fuit la discussion sur les sujets les plus évidents, sur des plaies guéries, quand on fait mourir des malades qui se portent bien, quand on crée des types en dehors de toute vraisemblance, la justification n'est pas possible.

Les romanciers ont des privilèges. Mais ils n'ont pas le droit, sous prétexte de roman, de falsifier l'histoire, de tourner en dérision les choses les plus sacrées.

On peut différer d'opinion ou de doctrine, on ne peut sciemment dénaturer les faits, émettre des assertions tellement fausses qu'en les imprimant on est convaincu de leur fausseté.

Il est indigne d'un écrivain de remplacer une démonstration franche et loyale par des insinuations constantes, des doutes non justifiés, des points d'interrogation, en présentant les faits sous de fausses couleurs, en les tronquant à dessein.

C'est bien la manière de procéder de Zola.

Non seulement il falsifie sciemment les faits les plus avérés, mais encore, par des insinuations, par des plaisanteries de mauvais goût, il tourne en dérision hommes et choses, tout ce qui s'impose au respect même d'un adversaire.

Il dénature la figure si pleine de candeur et de charme de Bernadette, substitue une légende inventée de toutes pièces à l'histoire vraie.

Tout d'abord il avait été séduit par la simplicité de cette enfant : « Cette jeune fille est vraiment intéressante, dit-il, je dirais plus : elle est passionnante. L'explication humaine pourrait être essayée, elle ne diminuerait nullement cette gracieuse figure d'enfant. »

Pour en écrire l'histoire, que fait-il? Il va dans le village de Bartrès, cause avec quelques bons villageois, admire le penchant herbu des coteaux, les cimes des montagnes lointaines. Le voilà fixé sur le caractère de son sujet principal :

« Ce qui ravissait en elle, poursuit-il, c'étaient des yeux d'extase, de beaux yeux de visionnaire. » Qu'en sait-il? Il ne l'a jamais vue. Il ajoute avec la même assurance : « C'était dans son regard que son curé avait sûrement lu avec trouble tout ce qui allait fleurir en elle : le mal étouffant dont souffrait sa triste chair, la douceur bêlante de ses agneaux, la salutation angélique promenée sous le ciel et répétée jusqu'à l'hallucination, les prodigieuses histoires entendues chez sa nourrice, et les veillées passées devant les rétables vivants de l'église. »

Il n'est pas facile de lire tout cela dans les yeux d'une enfant. Zola nous sert toute une légende de sorciers et de revenants, de lectures et de contes à la veillée, de prédictions faites après coup.

Les démentis, les protestations s'élèvent, tous les témoignages qu'il invoque se retournent contre lui.

On lui rappelle que Bernadette n'a fait que de courts séjours à Bartrès, qu'elle ne savait pas lire au moment des apparitions et qu'elle ne comprenait pas le français; les veillées à l'église n'ont jamais eu lieu, son asthme ne s'est développé que beaucoup plus tard à la suite de bronchites répétées prises sur les bords du Gave, où les étrangers l'entraînaient sans cesse.

Pour écrire sérieusement cette histoire, il eût fallu remonter aux sources. Zola devait consulter le médecin de l'enfant, le Dr *Balencie,* qu'il a rencontré dans mon cabinet. Pendant huit ans le docteur a vu Bernadette presque tous les jours à l'hospice de Lourdes. Absolument incrédule à l'endroit des apparitions, il essayait sans cesse de prendre l'enfant en défaut.

« Tu dis, lui répétait le médecin, que tu as vu une

Dame, comment était-elle? Et Bernadette lui décrivait avec une précision toujours égale les détails de costume, d'attitude et de physionomie de la Dame.

— Tu te trompes, reprenait le docteur, tu as cru la voir.

— Mais non, répondait Bernadette, elle remuait la tête, les bras; elle me parlait comme je vous parle.

— Et tu ne la vois plus maintenant?

— Non, depuis la dix-huitième apparition, je ne l'ai jamais revue. » Et chaque jour les mêmes questions se répétaient sous vingt formes diverses. Jamais cependant le docteur n'a mis en doute la bonne foi de l'enfant, jamais il n'a prononcé le mot d'hystérie.

Zola pouvait consulter M. Estrade, employé des contributions. M. Estrade avait accompagné Bernadette à la Grotte, la recevait souvent chez lui, avait assisté à son interrogatoire chez le commissaire de police. Encore un opposant de la première heure, qui, devant la transfiguration de l'enfant, avait vu tous ses doutes s'évanouir.

Il pouvait consulter l'abbé *Pomian*, qui vivait encore, qui avait fait le catéchisme à Bernadette, l'avait préparée à sa Première Communion, avait été son véritable éducateur.

Mais qu'avait-il besoin de tous ces témoignages? Zola croyait qu'avec de la suggestion, de l'entraînement, des nerfs et de la foi, il allait tout expliquer. Et comme cette enfant se prête mal à cet amalgame, il la rejette avec dédain, il essaye de ternir cette figure qui le charmait naguère. Bernadette n'est plus qu'une idiote et une hystérique.

Il croit pouvoir nous expliquer les apparitions avec quelques contes à la veillée et la salutation angélique promenée sous le ciel. Mais qu'il prenne donc une bergère de son choix, qu'il la place sur le penchant herbu des coteaux, qu'il la nourrisse de la lecture des *Quatre fils Aymon,* qu'il l'entretienne de Lourdes et de La Salette, et qu'il la conduise devant une grotte et lui fasse évoquer à son gré une vierge inconnue, découvrir une fontaine, proclamer un dogme nouveau, entraîner le monde entier à sa suite.

Pendant qu'il écrivait la *Débâcle,* il a dû penser souvent à une autre bergère ignorante comme Bernadette, qui laissa sa quenouille pour se mettre à la tête de nos armées, fit reculer des généraux expérimentés et ramena la victoire sous nos drapeaux. S'il connaît le secret de ces inspirations soudaines, de ces vocations sublimes, qu'il nous le donne! S'il peut créer de toutes pièces des Jeanne d'Arc et des Bernadette, qu'il se mette à l'œuvre! Quand on joue avec le surnaturel, quand on cherche l'explication humaine de ce qui ne peut être expliqué, on se heurte à chaque pas à des inconséquences qui choquent. (*Mouvement prolongé.*)

Combien je préfère le loyal aveu de M. Bernheim :

« Je puis, dit-il, donner des hallucinations, mais JAMAIS je ne créerai une Jeanne d'Arc avec cette ardeur de foi, avec cette volonté ferme, cette intelligence d'élite, ce courage indomptable, cette candeur virginale; figure unique dans l'histoire, gloire la plus pure de notre patrie française! » (*Applaudissements.*)

# LES GUÉRISONS

Les guérisons de Lourdes devaient former le point culminant de l'œuvre. C'était le nœud du problème : l'opinion attendait avec impatience le jugement du romancier.

Il a trompé l'attente commune. Il est tombé comme l'arbre du côté où il penche, mais maladroitement, après bien des hésitations. Il pouvait nier ou admettre le surnaturel. Dans tous les cas, il devait fortement documenter son œuvre. Il nous sert un résumé d'impressions confuses, mal établies, en contradiction avec les faits, mais à l'usage de cette multitude de lecteurs qui préfèrent une plaisanterie même de mauvais goût à toutes les preuves qu'on pourrait leur donner.

Cette question de guérisons le préoccupait beaucoup :

« C'est un point très délicat à traiter, dit-il. Qui pourrait affirmer que tel malade n'a pas trouvé la guérison dans la piscine ? Si nous osions jeter nos phtisiques dans l'eau froide, qui sait ? J'ajoute que le contrôle de la guérison me paraît impossible et le mieux est de s'en tenir à ce que l'on nous dit. »

Toutes ces réticences sont dans le genre et le goût de l'auteur. Avec cela, il a des portes de sortie sur tous les camps.

Quand Zola vint à nous, il avait une parole aimable

pour tous. Tandis qu'il rassurait ses amis sur les dangers de sa conversion possible, il disait aux catholiques : « Je serai respectueux de vos croyances. Rien dans mon livre, œuvre de bonne foi, ne pourra être considéré comme un outrage à la religion. » Il nous servait de l'*inconnu,* de l'*au delà,* de l'*incompréhensible;* puis il prenait sa revanche avec ses amis, banquetait avec les francs-maçons. Il venait essayer de glaner dans ce champ des miracles. Il cherchait une affaire. Il l'a trouvée; mais il n'a pas trouvé le surnaturel. Il redoutait de le trouver, il se tenait en garde.

J'hésitai longtemps à recevoir Zola dans les bureaux des médecins. Le secret médical nous lie vis-à-vis de nos malades. Pouvais-je, devant un romancier et devant sa cour de journalistes, interroger des femmes et des jeunes filles, mettre à nu leurs infirmités?

Je n'en avais pas le droit.

Devant la pression de l'opinion, il me fallut céder. On disait que cet homme avait trouvé son chemin de Damas, qu'il allait se convertir et, par moments, autour de lui, la foule était prise de vertige.

Zola est venu deux fois dans mon bureau, mais son attitude a été bien étrange. Au milieu d'une vingtaine de médecins, il se mouvait à l'aise, nous donnait des conseils, voulait redresser nos jugements. Il nous demandait si nous présentions les garanties d'impartialité de savoir. Tout cela en face et sans rire, c'était plaisant.

Il s'est intitulé pompeusement « docteur ès sciences humaines. » Il arrivait avec une leçon apprise, des clichés préparés. On redoutait quelque imprudence du maître, il avait fallu le préserver de toute surprise.

Récusez d'abord, lui avait-on dit, toutes les maladies internes. Sur ce terrain, les médecins se trompent souvent, vous pouvez bien reconnaître votre incompétence ; et vous voilà débarrassé, du coup, des poitrinaires, des cancéreux, des paralytiques, des aveugles, des sourds, à peu près de tout.

Il reste les plaies ; vous avez un moyen d'en sortir, demandez aux médecins de Lourdes s'ils les ont vues avant leur guérison. S'ils ne les ont pas vues, récusez-les. Ils n'ont certainement pas examiné tous leurs malades. Mais si, par hasard, ils les avaient examinés, vous diriez que vous ne les avez pas vus.

Enfin, pour plus de garantie, vous demanderez une Commission d'examen prise en dehors d'eux, une salle d'exposition des plaies, des photographies et vous les laisserez se débrouiller dans ces combinaisons inextricables.

En attendant, vous écrirez votre livre.

C'est bien ainsi qu'il a procédé. Il nous a demandé une Commission prise en dehors de nous, composée de membres désignés par le suffrage universel : le maire, les conseillers ; de fonctionnaires : le commissaire ou les gendarmes.

C'était nouveau. — Une salle d'exposition de malades ! — Je ne sais si ces exhibitions sont tolérées par la loi, mais elles ne sont pas encore entrées dans nos mœurs.

Enfin, des photographies de bras, de jambes..... les

plaies les plus cachées dévoilées, exposées sur nos boulevards et dans les vitrines.

Comme ce serait avantageux pour les personnes qui ne seraient pas guéries, pour leurs familles. Les journaux se sont extasiés devant ce programme que l'œil du maître avait entrevu.

### Clémentine Trouvé.

Pendant que Zola était au milieu de nous, Clémentine Trouvé (Sophie Couteau) fit son entrée dans le bureau. C'était la plaie demandée. Clémentine était arrivée à Lourdes avec une carie des os qui datait de trois ans. Le pied était gonflé, déformé; et plusieurs fistules donnaient issue à une suppuration continuelle.

Le médecin de l'enfant déclarait qu'il s'agissait d'une carie des os ayant résisté au traitement par les cautérisations et les injections. Il ajoutait « que cette maladie n'était justiciable que d'une opération radicale ou d'un traitement à très longue échéance. »

Au retour du pèlerinage, le même docteur, le Dr Cibiel, de Rouillé (Vienne), constatait que la cicatrisation était complète et qu'il ne restait rien de l'ancienne maladie.

Le Dr Cibiel n'est pas un convaincu, à beaucoup près; c'est un homme indépendant et sincère, et son témoignage ne pouvait être suspect.

Dans le pays de Clémentine, en grande partie composé de protestants, tout le monde avait reconnu l'authenticité de cette guérison. Zola fut un moment déconcerté : « Mais, c'est du miracle que vous me montrez, me dit-il. Je regrette de ne pas voir ici, à côté de vous, quelques professeurs de l'École de Paris. — Je le regrette comme vous, lui dis-je, notre porte leur serait largement ouverte. »

Reprenant aussitôt son programme : « Avait-on vu cette plaie avant la guérison? » Mais il certain que le médecin qui la soignait depuis trois ans l'avait vue, que les parents, les voisins, les religieuses qui avaient pansé son pied au moment du départ l'avaient vue. « C'est égal, me dit-il, puisque vous ne l'avez pas constatée avant, vous me ferez voir autre chose. »

Aux assises, dix, vingt témoins déclarent qu'ils ont vu l'accusé assassiner sa victime. L'avocat répond : Que nous importent tous ces témoignages! ceux qui ont vu ne comptent pas. Le ministère public, le juge qui a fait l'enquête, les jurés n'ont rien vu, je récuse tous les autres témoins, l'accusation ne peut être soutenue. (*Rires et applaudissements.*)

Zola a voulu se débarrasser de cette guérison qui le gênait; il joue avec cette enfant, qui est vraiment très intéressante; il essaye d'une façon trop visible de détourner l'attention de sa plaie.

Clémentine fait son entrée dans le train blanc, à Poitiers, sous le nom de Sophie Couteau. Il lui fait répéter, comme une leçon apprise, le récit de sa guérison.

« Évidemment, dit-il, elle avait déjà l'habitude du public, elle soulignait le mot d'un effet sûr, elle en riait d'avance, certaine qu'elle allait fort égayer son entourage. » Il met dans la bouche de l'enfant toute son histoire qu'il a copiée dans les *Annales de Lourdes.*

Mais M. Zola nous paraît connaître aussi des procédés d'un effet sûr.

L'abbé Froment, qui entre en scène, se demande « s'il ne s'est pas fait chez cette enfant une lente déformation de la vérité : Qui sait si la prétendue cicatrisation instantanée n'avait pas mis des jours à se produire. Ou bien quelle force ignorée avait agi? Quel faux diagnostic du médecin, quel concours d'erreur et d'exagération avaient abouti à ce beau conte? »

Ce n'est pas la négation directe, c'est le raisonnement par insinuation. Il parle d'une guérison lente, progressive; ce n'est pas sérieux.

Le 18 août, Clémentine quitte Rouillé; on panse son pied, on constate la plaie. Le lendemain 19, à Poitiers, on renouvelle le pansement. Elle arrive à Lourdes le 20. Pendant le voyage, la suppuration a beaucoup augmenté, comme le constate M^me^ la comtesse de Rœderer. Le 21, guérison instantanée dans la piscine; elle vient au bureau des médecins. La cicatrisation est complète; et cependant, l'enfant porte avec elle son bandage qui était tombé dans l'eau, complètement taché de pus.

Que nous parle-t-on de faux diagnostic? Une plaie peut être constatée *par tout le monde* et vous savez que le médecin enfonçait ses stylets dans les fistules et arrivait jusqu'à l'os. Vous nous dites étourdiment à ce propos : « Il y a autant de surnaturel dans la guérison instantanée d'une égratignure que dans celle d'une plaie profonde! »

Mais il y avait au moins une égratignure.

Vous n'avez aucune excuse. Je vous avais proposé *d'étudier ce fait,* de mettre sous vos yeux tous les témoignages, de faire la lumière la plus complète autour de cette guérison, vous n'avez pas voulu, vous vous êtes *dérobé.*

Dans le récit de votre visite au Bureau des Constatations, vous remettez en scène Sophie Couteau et vous reposez l'esprit du lecteur sur ce petit pied très propre, très blanc, soigné même, avec des ongles roses bien coupés.

Elle ôtait son soulier, dites-vous, retirait son bas avec une promptitude et une aisance qui montraient la grande habitude qu'elle en avait prise. Toutes les jeunes filles de cet âge savent retirer leurs bas et leurs souliers; elles le font au moins deux fois par jour; c'est puéril.

Vous répétez la réflexion du docteur qui avait soigné l'enfant : « Que ce soit le diable ou le bon Dieu, peu importe, la vérité, c'est qu'elle est guérie! » Mais à vous, cette cicatrice ne vous dit rien? si, elle vous fait mettre une sottise dans la bouche d'un de nos confrères.

Un médecin, d'un air très poli, demande pourquoi la Sainte Vierge, tant qu'elle y était, n'avait pas refait un pied tout neuf, ce qui ne lui aurait pas coûté davantage. Cela nous éclairait bien sur la guérison de cette plaie!!.....

Je répondis que c'était sans doute pour laisser une preuve de l'existence de la plaie. S'il n'y avait aucune cicatrice, on ne manquerait pas de nous dire que l'enfant n'a jamais été malade.

A l'hôpital, il fait jouer Clémentine à la poupée; il n'est plus question de sa guérison.

En présence d'un fait aussi évident, alors que Zola se dérobe, refuse toute enquête, il ose discuter nos moyens de contrôle et nous tracer tout un programme d'étude.

Il termine son discours par ces paroles absolument ridicules : « Si j'avais une source qui refermât les plaies, je voudrais bouleverser le monde. J'appellerais les peuples et les peuples viendraient. Je ferais constater les miracles avec une telle évidence que je serais le maître de la terre. La terre entière verrait et croirait! »

Si ce n'est pas du prud'homme, c'est du délire des grandeurs.

J'aime mieux cette parole simple et vraie de Clémentine Trouvé : « Quand je suis partie pour Lourdes on disait autour de moi, surtout parmi les protestants:

« Va, tu peux partir, aller en pèlerinage, tu reviendras comme toutes celles qui y sont allées. » Et on me nommait une jeune fille du voisinage qui n'avait pas été guérie l'année précédente. Au retour, on disait en voyant que je marchais sans béquilles et que j'étais guérie : « Elle n'a jamais été malade! »

C'est bien, en effet, dans ce dilemme que se débat l'incrédulité. Affirmer au départ qu'on ne guérira pas. Au retour, affirmer encore plus fort qu'on n'était pas malade.

Le récit du passage de Clémentine dans le bureau, raconté par Pierre l'Ermite, est autrement vrai et vivant :

« Tout à coup, un mouvement se produit dans la salle, c'est une première malade qui arrive.

» Pauvre petite! du fond du cœur je la plaignais un peu. Toute jeune, quatorze ans à peine, de grands yeux bleus; la figure ouverte et intelligente sous ses cheveux blonds qui s'obstinaient à mettre un nimbe d'or autour de son petit capulet blanc de paysanne.

» Elle s'appelle Clémentine Trouvé.

» Elle explique son cas, que l'on connaît déjà; mais l'assistance tient à l'entendre parler. Alors, d'une voix émue, elle raconte son histoire.

» Son talon était complètement carié; elle ne pouvait plus marcher. Elle avoue naïvement les regards d'envie qu'elle jetait sur ses compagnes plus favorisées, et la prière ardente qu'elle adressait à la Sainte Vierge, afin qu'un jour elle aussi pût mettre ses bottines pour aller à la messe.

» La plaie suppurait tellement pendant le voyage qu'elle avait épuisé tout le linge emporté en partant.

» Elle montre son pied parfaitement sain, et tous les médecins se penchent pour constater la disparition totale de la plaie. A peine une petite nuance rosée, une légère dépression indique l'endroit où fut le mal.

» M. Zola, présent à la consultation, mordille le bout de son gant, signe, chez lui, d'une grande tension d'esprit. La jeune fille a hâte de s'en aller. On le lui permet enfin; vivement elle remet son bas et sa bottine, et part comme un oiseau, impatiente d'échapper à tous ces yeux, qui ne perdent pas un seul de ses mouvements. »

* * *

Ce premier exemple devait nous renseigner sur la sincérité de Zola à la recherche du surnaturel. Il récuse ce fait, parce qu'il ne l'a pas vu avant et ne veut pas l'étudier après. C'est la plaie extérieure, visible, qu'importe? Il veut du miracle sur commande, il veut être prévenu du jour et de l'heure. Il veut choisir les sujets et les exposer dans une vitrine. Il veut..... ne rien voir en fait de miracle.

Nouveau bureau des Constatations médicales, situé sous les arcades de la Basilique.

## ÉLISE ROUQUET

## LA GRIVOTTE — M^LLE DE GUERSAINT

Trois faits ont plus particulièrement occupé Zola.

Élise Rouquet, la femme au lupus;

La Grivotte, une poitrinaire;

M^lle de Guersaint, la malade nerveuse, un type créé par lui.

Il fait comparaître ces malades devant nous au bureau des Constatations. C'est à cette occasion qu'il nous met en scène et décrit la physionomie de notre clinique.

« Pendant ma visite, dit-il, il pouvait y avoir une cinquantaine de personnes, beaucoup de curieux, des témoins, vingt médecins et quatre ou cinq prêtres. Les médecins, venus d'un peu partout, gardaient pour la plupart un absolu silence. Qui pouvaient-ils être? Des noms étaient prononcés, absolument inconnus. »

A côté du roman, voilà l'histoire.

Pendant le pèlerinage national de 1892, plus de cinquante médecins ont assisté à nos enquêtes. Le jour de la visite de Zola, il y avait dans la salle : un chirurgien d'un hôpital de Paris, des membres correspondants de l'Académie de médecine, d'anciens internes et des internes en exercice dans les hôpitaux de Paris. Des médecins de nos grandes villes, de nos principales stations thermales et des Facultés étrangères (1).

(1) Nous avons les noms de ces médecins.

« Ils gardaient, dit-il, un absolu silence. »

Il place ce silence pendant l'examen d'une sourde qui a donné lieu à une discussion des plus intéressantes. Le Dr Chaume, de Périgueux, frappé par l'intonation de cette femme qui avait des notes justes et normales, nous fit observer qu'elle avait dû entendre autrefois, ou qu'elle n'était pas absolument sourde. « De même, nous disait-il, que les aveugles de naissance, en apercevant pour la première fois la lumière, n'ont pas le sentiment des couleurs, les sourds ne peuvent avoir dans la voix les nuances variées que l'on retrouve dans la parole. »

Noémie Leroux, de La Ferté-Macé (Orne), parlait trop bien pour ne pas avoir entendu. Le Dr Aussilloux, de Narbonne, et quelques-uns de nos confrères, prirent part à cette discussion. Zola résume toute cette partie de la séance par ces mots : « Comme la prétendue guérison de la sourde se présentait fort mal, le docteur la rudoya un peu : « Allons, il n'y a qu'un commencement, vous repasserez. »

Cette discussion renversait sa mise en scène des médecins muets et n'autorisait pas la tirade qui va suivre :

« Le Dr *Bonamy* se carrait, tirait du jeu son honnêteté, pas plus sot ni menteur qu'un autre, croyant sans croire, sachant la science si pleine de surprises..... »

Tout cela peut être interprété dans un sens bon ou mauvais, c'est le procédé par insinuations, par phrases à double entente; le procédé n'est pas loyal. Le but évident du romancier est de montrer les médecins de

Lourdes enregistrant sans contrôle et sans discussion tous les faits qui se présentent.

L'abbé Pierre se met encore à nous servir ses objections. Ne semblait-il pas désastreux que ce fût un médecin qui constatât la maladie et un autre la guérison ! — mais c'est toujours le médecin du malade qui constate et maladie et guérison. — Il n'a pas compris notre rôle. Nous faisons une enquête sommaire, nos procès-verbaux ne renferment que les noms, l'adresse des malades, les certificats de nos confrères et le constat de leur état à leur départ de Lourdes. Des recherches ultérieures, longues, contradictoires, sont faites avec le concours de tous les médecins qui ont été mêlés à ces événements.

Un exemple vous fera mieux saisir les avantages de la méthode que nous suivons.

Constance Piquet, que vous voyez ici à côté de nous, venait, le 24 août 1893, nous faire constater la guérison d'un cancer du sein. Elle apportait un certificat du Dr Martin, dans lequel notre confrère déclarait que cette femme était atteinte « d'un cancer du sein (squirrhe), et qu'il n'avait pas jugé opportun de l'opérer, le cancer étant incurable de sa nature et toujours sujet à récidiver. »

L'examen le plus minutieux, pratiqué par les 12 ou 15 médecins qui m'entouraient, ne permit pas de trouver la plus légère trace de cette tumeur qui venait de disparaître dans la piscine. On sentait encore quelques glandes dans l'aisselle et quelques cordons qui avaient dû relier ces glandes à la tumeur du sein. Mais peu de temps après, dans la même journée, ces derniers vestiges du mal avaient disparu et il ne restait rien, ni de la tumeur, ni des engorgements ganglionnaires.

Le soir, les journaux publiaient le certificat du médecin, les dépositions de la malade et le résultat de notre examen.

Le Dr Regnaud, professeur à l'École de Rennes, avait assisté à notre enquête. En lisant dans les journaux le compte rendu de ce fait, il me disait : « Ces publications hâtives ont de grands inconvénients. Savez-vous si cette femme avait un cancer? Vos preuves sont insuffisantes. Vous pouvez avoir des mécomptes. »

Mes preuves sont insuffisantes, je le reconnais, lui dis-je, elles ont besoin d'être complétées, confirmées. Voilà pourquoi je livre immédiatement toutes mes enquêtes à la presse. Ces publications hâtives n'autorisent aucune conclusion, mais elles appellent la discussion sur tous les faits; discussion libre, contradictoire, où se mêlent toutes les opinions, discussion immédiate au milieu de tous les témoins de ces guérisons.

Ce n'est pas dans le silence du cabinet que l'on peut édifier un travail qui demande le grand jour et ne repose que sur le témoignage.

Un chirurgien-major de 1re classe nous écrivait, le 17 novembre 1893 :

« J'ai interrogé Constance Piquet en présence du curé de Soulaires; j'ai vu le Dr Martin, qui n'hésite pas à reconnaître le caractère miraculeux du fait qui nous occupe. »

Le Dr Martin est un homme loyal et de bonne foi, mais qui ne partage pas nos convictions.

On nous disait encore :

« D'autres personnes que les médecins ont vu et touché cette tumeur : Mme Petit, Mme Guyon, Mlle Augustine Masson, toutes trois de Soulaires. La dernière a vu le mal plusieurs fois, notamment au moment du départ pour Lourdes. La tumeur a été vue et touchée par Mme Camille Bigot et par Sœur Augustine, de la Croix de Chartres. »

Pendant le bain, la grosseur avait disparu sans commotion ni douleur d'aucune sorte.

En sortant de la piscine, Constance Piquet ne trouve plus la tumeur; elle le fait remarquer à la dame qui l'avait aidée à se baigner, qui avait touché la tumeur avant le bain et qui constate sa disparition. Nous avons les dépositions écrites des divers témoins que nous venons d'énumérer.

Voilà comment nos enquêtes se poursuivent et se complètent. Que vaudrait l'affirmation d'un seul homme quelle que fût sa notoriété? Dans ces problèmes si graves, il nous faut le concours de tous ceux qui, de près ou de loin, ont été mêlés à ces événements.

Il nous faut, de plus, l'épreuve du temps. Cette année, Constance nous écrivait : « Dix mois se sont écoulés depuis ma guérison. Non seulement le cancer qui me minait à petit feu a complètement disparu, mais la Sainte Vierge a complété son œuvre. Elle m'a donné une santé bien meilleure que dans le passé, car, depuis ma plus tendre enfance, j'étais toujours maladive. »

Zola continue : « Quels sont ces médecins qui délivrent des certificats? Ont-ils l'autorité scientifique nécessaire? Ne cèdent-ils pas à des circonstances ignorées, à des intérêts personnels? »

Notre réponse est bien simple. Nous recevons chaque année, au moins, deux mille certificats. Les malades du pèlerinage national, à eux seuls, nous en apportent mille. Les trois quarts des médecins en ont donné, souvent à leur insu. Peut-on suspecter la sincérité, le savoir de tout le corps médical français? Si les médecins subissent une pression, elle n'est pas d'ordinaire en notre faveur.

Je dois protester contre l'attitude qu'il prête au corps médical. Voici ses paroles : « Le plus grand nombre, *qui devait être des catholiques*, s'inclinait naturellement. » Qu'en sait-il? Mais les catholiques sont très exigeants en fait de preuves; avec eux les questions se précisent. On laisse les théories pour aborder résolument l'étude des faits.

Les médecins catholiques n'acceptent pas facilement les miracles. Nous pouvons montrer jusqu'où vont leurs scrupules en cette matière.

Le Dr Goix, de Paris, a bien voulu relever l'observation de Schnetzer, guéri, au mois d'août dernier, d'une cécité incurable. Toutes les preuves paraissaient réunies pour donner à ce fait une consécration à l'abri de toute critique. Au dernier moment, le Dr Goix s'aperçoit que ce malade a perdu le sens des odeurs, son nerf olfactif est affaibli et il se demande si ce n'es pas là le signe d'une hystérie latente, qui serait le point de départ de tous les autres accidents. Il a fallu reprendre cette observation dans tous ses détails, chercher les stigmates accusateurs, demander l'avis de nombreux médecins, pour arriver à nous convaincre que l'élément nerveux ne jouait ici aucun rôle.

Schnetzer avait été soigné à la Salpêtrière et à l'hospice des Quinze-Vingts; il avait été examiné par quatre oculistes; tous les médecins avaient reconnu une atrophie de la papille, signe d'une paralysie générale commençante.

A l'hospice de la Salpêtrière, le livre des malades du professeur Charcot porte, à la page 89, cette note : *26 juillet 1893. M. Schnetzer, 37 ans, rue de la Nation 33. Épilepsie jaksonienne. — Atrophie des papilles optiques.*

A l'hospice des Quinze-Vingts, service du Dr Trousseau, le malade a la carte n° 44 086 et le registre porte, 12 octobre 1893, « atrophie optique des deux yeux. »

Un autre médecin spécialiste, le Dr Fisher, délivre, le 2 juin 1894, une ordonnance avec diagnostic inscrit en tête :

*Atrophie double des nerfs optiques à marche progressive datant de deux ans. Ne pourra jamais lire.*

Enfin, le 23 juillet 1894, le Dr Bull, médecin oculiste, l'examine et constate à l'ophtalmoscope que les papilles sont atrophiées, d'une couleur grisâtre, et les artères rétrécies.

En dehors de la perte de la vue, la faiblesse des jambes était très grande. Il y avait de l'œdème des extrémités.

C'est dans ces conditions que Schnetzer est arrivé

à Lourdes, le 21 août 1894. Le lendemain, il suivait la procession du Saint-Sacrement, lorsqu'il dit à sa femme : « Donne-moi ton livre. Il me semble que je vais lire. » Il distingue les lettres; il aperçoit le Saint-Sacrement; quelques instants après, devant nous, le malade lit aisément les caractères des journaux qui sont sur notre table.

Depuis lors, la vue est revenue comme à l'état normal. Le Dr Bull, qui l'examine à son retour, constate que la vision est très bonne et qu'il serait impossible de retrouver les signes de l'atrophie du nerf optique.

C'est ce malade que l'on a étudié avec soin au point de vue des symptômes de l'hystérie. L'examen est resté absolument négatif. La sensibilité est partout normale. Le champ visuel n'a pas de rétrécissement. Schnetzer fait de grandes courses sans éprouver aucune fatigue. Il est absolument guéri de tous les accidents que nous venons de décrire.

Cette guérison est très intéressante, elle sera l'objet d'une étude plus complète; elle nous donne la preuve du soin scrupuleux avec lequel les catholiques poursuivent leurs recherches.

Zola n'est pas plus tendre pour ses amis : « Quant aux autres, aux incrédules, dit-il, ils évitaient par courtoisie d'entrer dans la discussion. » — C'est une allégation grave qui entacherait leur caractère en les supposant capables de consacrer des erreurs par leur silence. — La conclusion est digne du développement qui précède : « Évidemment, des forces mal étudiées, ignorées même, agissaient. On pouvait admettre que tout le monde était sincère, les médecins, les malades et les témoins, et de tout cela sortait, évidente, l'impossibilité de prouver que le miracle était ou n'était pas. »

Voilà le monde entier à l'état de suggestion et Zola conserve seul la possession de lui-même. Il faut avoir dans son jugement une confiance absolue pour se décerner ainsi un brevet d'infaillibilité.

### Marie Lemarchand (*Elise Rouquet*) (1).

Marie Lemarchand arrivait, le 21 août 1892, avec un lupus qui couvrait toute la joue droite, les lèvres, une partie de la bouche. Elle avait, de plus, dans les poumons, des signes certains de tubercules. Son médecin, le Dr La Nëele, de Caen, nous disait qu'il considérait cette malade comme absolument incurable. L'aspect repoussant de Marie Lemarchand devait tenter la plume du romancier et offrir un thème à développement facile. Il nous la montre dans le wagon du départ « avec son lupus qui avait envahi le nez et la bouche; une ulcération lente s'étalant sans cesse sous les croûtes et dévorant les muqueuses; la tête, allongée en museau de chien, avec ses cheveux rudes et ses gros yeux ronds, elle était devenue affreuse. Les cartilages du nez se trouvaient presque mangés; la bouche s'était rétractée, tirée à gauche par l'enflure de la lèvre supérieure, pareille à une fente oblique immonde et

(1) Pseudonyme de Marie Lemarchand dans le roman de M. Émile Zola.

sans forme. Une sueur de sang, mêlée à du pus, coulait de l'horrible plaie livide.....

» En regardant Élise Rouquet glisser avec précaution les petits morceaux de pain dans le trou saignant qui lui servait de bouche, tout le wagon avait blêmi devant l'abominable apparition..... » Un peu plus loin :

Marie Lemarchand.

« Élise Rouquet en train de boire avec sa tête de chien, au museau rongé, qui tendait la fente oblique de sa plaie, la langue sortie et lapant. Les brocs et les bidons hésitaient à s'emplir à cette fontaine où elle avait bu.... En la voyant, une même pensée montait de toutes ces âmes gonflées d'espérance : Ah ! Vierge Sainte ! Vierge puissante ! quel miracle si un pareil mal guérissait ! »

Le tableau, on le voit, est foncé en couleurs ; mais le nœud du problème n'est pas là. Marie Lemarchand est partie de Lourdes parfaitement guérie. Comment peut-on interpréter cette guérison?

M. Zola nous décrit l'entrée de la malade dans le bureau des Constatations. « Élise Rouquet parut avec sa face de monstre, qu'elle étala en ôtant son fichu. Depuis le matin, elle se lotionnait avec des linges à la fontaine. Il lui semblait bien, disait-elle, que sa plaie, si avivée, commençait à sécher et à pâlir. C'était vrai. L'aspect en était moins horrible..... Le lendemain, le cas d'Élise Rouquet devint plus intéressant encore; il était visible que le lupus, dont la plaie lui mangeait la face, s'était amendé. Elle continuait les lotions à la fontaine miraculeuse; elle sortait justement du bureau des Constatations, où l'on avait examiné cette plaie, pâlie déjà, un peu séchée, qui était loin d'être guérie, mais où commençait tout un travail sourd de guérison. »

Il y a, dans cette dernière partie de son récit, une double erreur sur le mode de la guérison et sur sa durée.

Marie Lemarchand a été guérie, non pas à la fontaine, mais dans la piscine; non pas progressivement, mais *instantanément*. Sa guérison n'a pas été incomplète, mais *absolue*. Voilà le récit réel de cette dernière phase. Le Dr d'Hombres, qui a été le témoin de la guérison de cette jeune fille, en a consigné tous les détails dans une déposition écrite. « Je me souviens très bien, dit-il, d'avoir vu Marie Lemarchand devant les piscines, attendant son tour pour prendre son bain. Je fus frappé de son aspect, particulièrement repoussant. Les deux joues, la partie inférieure du nez, la lèvre supérieure étaient recouvertes d'un ulcère de nature tuberculeuse et sécrétant un pus très abondant. Les linges qui recouvraient cette figure étaient tous maculés de pus. Au sortir de la piscine, je me rendis immédiatement à l'hôpital, auprès de cette femme. Je la reconnus fort bien, quoique l'aspect de son visage fût entièrement changé. Au lieu de la plaie hideuse que je venais de voir, je trouvai une surface encore rouge, à la vérité, mais sèche et comme recouverte d'un épiderme de nouvelle formation. Les linges qui avaient servi au pansement, avant son entrée dans la piscine, étaient à côté d'elle et tout maculés de pus.

» Cette pauvre infirme avait aussi, avant le bain, une plaie de même nature à une jambe, et cette plaie, comme celle du visage, avait été séchée dans la piscine.

» Je vous avoue en toute sincérité, ajoute le Dr d'Hombres, que je fus très vivement impressionné par ce changement si subit, déterminé par une simple immersion dans l'eau froide, étant donné, comme vous le savez, que le lupus est une affection très rebelle à toute espèce de médication. »

Marie Lemarchand était arrivée à Lourdes le 20 août; elle fut guérie instantanément dans la piscine le 21, et le Dr d'Hombres l'accompagnait quand elle vint au bureau des médecins faire constater sa guérison. Notre bureau était encombré, en ce moment, de médecins, de littérateurs, de journalistes. La peau du visage de Marie Lemarchand était rouge et luisante; son épiderme de nouvelle formation accusait une cicatrice récente. Ce n'était pas encore un teint de lis et de rose.

Mais, dès le premier instant, toute trace de suppuration, de plaie, avait entièrement disparu.

Dans ce récit, disons-nous, M. Zola a commis une double erreur matérielle, une double erreur voulue et bien cherchée. Il désirait rattraper la théorie de Charcot sur la guérison des maladies nerveuses.

Trois fois, dans le cours de son ouvrage, il revient sur cette théorie, en parlant de Marie Lemarchand (*Élise Rouquet*). « On arrive, dit-il, à prouver que la foi qui guérit, peut parfaitement guérir les plaies, certains faux lupus entre autres, etc. » Charcot, plus avisé, n'aurait pas cédé à cette tentation. Il aurait parfaitement compris que, dans quelques instants ou quelques heures, un lupus de cette étendue, qui comprenait presque toute l'épaisseur de la joue, ne pouvait se cicatriser.

Charcot, pour étayer sa « foi qui guérit » nous a bien cité un exemple de plaie nerveuse, mais il est allé le chercher à 175 ans de date, afin que personne n'eût envie de le contrôler. Comme il n'était pas romancier, il nous a dit que cette plaie nerveuse avait mis vingt jours à se cicatriser : instantanéité relative. Charcot a surtout trouvé un mot : *la foi qui guérit* (*faith-healing*) et pour les gens qui se payent de mots, *la foi qui guérit* consacrera longtemps une thèse fausse.

Le médecin de Caen ne s'est pas trompé sur les caractères de cette guérison. En voyant revenir sa malade parfaitement guérie, il nous écrivait : « Je suis encore tout ému d'avoir pu toucher du doigt cette guérison absolument surnaturelle. Marie Lemarchand avait encore une tuberculose avancée qui ne m'avait laissé aucun doute et dont je ne trouve plus aucune trace. »

S'il y a une légende, elle est dans ce cadre sans limite des maladies nerveuses. Cette thèse, dont les médecins ne sont pas dupes, entretient dans l'esprit du public des confusions regrettables. Sur la foi des savants, M. Zola s'est aventuré sur un terrain qui n'a pas d'assise, ce qui ne l'excuse pas de faire guérir Marie Lemarchand (*Élise Rouquet*) sous le robinet de la fontaine, dans l'espace de deux ou trois jours, alors que sa guérison s'est opérée en une seconde, à la piscine.

C'est une erreur de fait qui échappe à toute justification; alors surtout qu'il veut édifier sur ce fait une théorie sans fondement.

## Marie Lebranchu (La Grivotte) (1).

### LA MALADIE

« *La Grivotte*, nous dit M. Zola, était une grande fille qui avait dépassé la trentaine, déhanchée, singulière, au visage rond et ravagé, que ses cheveux crépus et

(1) Pseudonyme de Marie Lebranchu dans le nouveau roman de M. Émile Zola.

ses yeux de flamme rendaient presque belle. Elle était phtisique au troisième degré. « J'ai un poumon perdu, disait-elle, et l'autre ne vaut guère mieux; des cavernes, vous savez. J'ai maigri, une vraie pitié; je suis toujours en sueur, je tousse à m'arracher le cœur; je ne puis plus cracher, tant c'est épais; je ne tiens pas debout; je ne mange pas. » A ces mots, un étouffement l'arrêta : elle devenait livide. Elle avait fait le tour de tous les hôpitaux de Paris; elle sortait à l'heure actuelle de l'hôpital Lariboisière. »

Dans les registres de Lourdes, à la date du 22 août 1893, nous lisons :

« *Marie Lebranchu*, âgée de trente-cinq ans, Paris, rue Championnet, 172, est atteinte, d'après le certificat du Dr Marquezy, médecin de l'hospice, d'une tuberculose pulmonaire, avec ramollissement et cavernes. Son père et sa mère sont morts poitrinaires.

» *Marie Lebranchu* a été soignée à l'Hôtel-Dieu, dans le service du professeur Germain Sée. Là, on a examiné ses crachats et l'on y a trouvé des bacilles caractéristiques du tubercule. Depuis dix mois, elle est à l'hôpital franco-néerlandais, spécialement consacré aux poitrinaires.

» Elle restait constamment au lit, vomissait du sang, avait perdu 48 livres de son poids et remplissait son crachoir de pus. Elle ne gardait, du reste, aucune nourriture : c'était la phtisie à la dernière période. »

On le voit, les deux descriptions se valent. Le récit de Zola n'ajoute rien aux lésions observées; l'histoire vraie est aussi sombre que le roman.

### LA GUÉRISON

« A la piscine, *La Grivotte* pleurait à chaudes larmes, parce qu'on ne voulait pas la baigner. »

Ce n'était pas manque de charité de la part des porteurs et des hospitaliers, car ils sont la véritable personnification du dévouement ; mais quiconque a vu une seule fois le pèlerinage national, l'affluence considérable qui s'accumule autour des piscines se rendra compte de la première difficulté que rencontrait *La Grivotte*.

Mais hâtons-nous de le dire, ce qui empêchait les porteurs de baigner Marie Lebranchu, c'était un reste de sentiment naturel qui semblait croire la mort plus probable, chez cette fille, que le miracle.

Comme nous l'avons dit : c'était un véritable squelette crachant du sang : or, la tremper dans l'eau, c'était le miracle ou la mort ; et, devant une telle alternative, certains brancardiers pouvaient hésiter. Mais *La Grivotte*, elle n'hésitait pas ; elle racontait qu'elle avait dû insister, supplier, sangloter, pour qu'on se décidât enfin à la prendre et à la baigner.

La Sainte Vierge prouva que Marie Lebranchu avait eu raison d'insister.

Elle n'était pas plongée dans l'eau glacée depuis trois minutes, avec son enrouement de phtisique, qu'elle avait senti les forces lui revenir comme un grand coup de fouet qui lui cinglait tout le corps.

« Je suis guérie, disait-elle, je suis guérie !..... »

» Stupéfait, *Pierre* la regardait. Était-ce donc là cette fille qu'il avait vue la nuit dernière, toussant et crachant le sang, la face terreuse. Il ne la reconnaissait pas. Droite, élancée, les joues en feu, les yeux étincelants, avec une volonté et une joie de vivre qui la soulevait. » (Zola, *passim.*)

Le registre des médecins nous dit : « Au sortir de la première immersion dans la piscine, le samedi 20 août, *Marie Lebranchu* vient au bureau des Constatations. On l'examine avec soin et l'on ne trouve dans sa poitrine ni râles, ni souffle, ni matité, pas la plus petite trace de lésion dans le poumon. On l'examine de nouveau, le lendemain 21. L'ancienne malade ne tousse pas, ne crache pas et mange avec appétit. Chaque jour, jusqu'à son départ, on constate que la guérison se maintient parfaitement bien. »

### Où les auteurs se divisent.

Jusqu'ici, l'accord existe pour la maladie et la guérison : *La Grivotte* est poitrinaire au dernier degré; elle guérit dans la piscine. Le romancier, qui a été témoin de cette transformation, va nous expliquer comment elle a pu se produire.

« Savons-nous, nous dit Zola, si, dans certaines circonstances, un bain glacé ne peut pas sauver un phtisique? Peut-on parler au nom des lois absolues de la science? Où sont ces lois en médecine? Qu'on me les montre. Pourquoi, dès lors, tout ne deviendrait-il pas miracle, car, au fond, que ce soit la nature ou une puissance surnaturelle qui agisse, les médecins n'en sont pas moins surpris devant ces terminaisons qu'ils n'ont pas pu prévoir? Des forcés, mal étudiées encore, agissent : l'entraînement du voyage, des prières, des cantiques et surtout le souffle guérisseur, la puissance inconnue qui se dégage des foules dans la crise aiguë de la foi. » Ce « souffle guérisseur qui se dégage des foules, » c'est une trouvaille.

Malgré tout, l'explication est insuffisante; nous sommes déjà dans l'inintelligible. Aussi, tout en admettant la guérison, Zola se venge sur le corps médical de cette concession qu'il est obligé de faire. « Je comprends, dit-il, que le D^r^ *Bonamy* appelle les médecins du monde entier pour vérifier ses miracles; plus il y aurait de médecins, moins la vérité se ferait. »

Il n'est pas tendre pour la profession!

Et, pour plus de précaution, il se demande si cette phtisie ne pouvait pas être nerveuse, et si cette guérison, plus apparente que réelle, n'était pas l'effet d'une commotion momentanée.

Ici, le problème se complique; il est plus facile de comprendre qu'avec des cavernes cicatrisées et des lésions éteintes, la malade ait pu retrouver ses forces que de nous la montrer en pleine convalescence, avec des poumons à moitié détruits. Ni pour un jour, ni pour une heure, vous ne ferez lever une poitrinaire agonisante, brûlée par la fièvre; vous ne pourrez lui faire suivre, pendant quatre heures, une procession de nuit, la faire asseoir à une table bien servie et manger avec appétit. « *La Grivotte,* nous dit Zola, aurait dansé sûrement jusqu'au jour, si la Sainte Vierge avait donné un bal. »

Ces résurrections subites, même de courte durée, ne sont pas en notre pouvoir, et seraient tout aussi difficiles à comprendre. On remplacerait alors le surnaturel par l'absurde. Comme il est plus aisé d'admettre que les médecins n'ont pas été pris d'un vertige collectif! que ce qu'ils ont constaté existait réellement, que cette guérison n'était pas apparente, mais bien réelle.

Zola se demande si cette phtisie ne pouvait pas être nerveuse, mais cette théorie de la suggestion et de la maladie nerveuse n'est pas de mise chez les poitrinaires : on ne suggestionne pas une caverne. La caverne est une cavité profondément creusée dans le poumon, c'est une plaie véritable; en outre, l'oreille du médecin le moins exercé en détermine aisément l'étendue; il se produit là des phénomènes physiques d'une appréciation facile. Nos prétendues divergences d'opinion sont invoquées à l'appui d'une thèse difficile à soutenir. Zola l'a bien compris; aussi, après avoir épuisé toutes les hypothèses, il va, pour plus de sûreté, se débarrasser de *La Grivotte* et la faire mourir à bref délai.

## La Grivotte meurt et ne s'en porte pas plus mal.

Le train part. Nous voilà à la station de Lamothe. « Elle se cramponnait à la cloison dans une angoisse brusque; elle apparaissait amaigrie de nouveau, la face livide et torturée. Elle crachait le sang à pleine gorge. Cette foudroyante rechute avait glacé le wagon. Était-ce un mal inconnu? La nuit des ignorances et des erreurs commençait, ces ténèbres où se débat encore la science humaine. »

A Bordeaux, « *La Grivotte* respirait avec effort d'un râle continu, » c'était presque de l'agonie.

A Poitiers, « *La Grivotte* grelottait d'une fièvre intense, reprise de son horrible toux. »

A Paris, « on décide de la faire conduire directement à l'hôpital, dans l'état pitoyable où elle était. »

D'après ce récit, il est évident que *La Grivotte* doit être morte depuis longtemps. Sa prétendue guérison dans la piscine n'a été que l'effet d'une surexcitation passagère. Si nous n'avons rien trouvé dans sa poitrine, en recherchant les traces de ces désordres profonds, c'est que nous n'avons pas su ou voulu les trouver.

A côté du roman, voilà l'histoire :

*La Grivotte* est rentrée à l'hôpital en arrivant à Paris : elle n'avait pas d'autre domicile; depuis plusieurs mois elle ne se levait pas.

Mais elle y est rentrée *bien guérie*.

Le lendemain, elle assistait à la réunion de la rue François I$^{er}$, et le même jour à la cérémonie de Notre-Dame des Victoires.

Le médecin de l'hôpital fut tout surpris du changement qui s'était opéré dans Marie Lebranchu : il l'ausculte, son étonnement redouble : « Faites lever cette jeune fille, je veux l'examiner plus attentivement dans mon cabinet, » dit le médecin à la religieuse.

Nouvel examen minutieux, prolongé, mais toujours négatif. « Je ne donnerai plus de certificats pour Lourdes, ma Sœur, cette femme fait de son corps ce qu'elle veut !

» Envoyez-la moi dans la journée chez un de mes confrères, nous l'ausculterons ensemble. » Troisième examen. Dès ce jour, Marie Lebranchu ne figure plus sur les registres de l'hôpital, et huit jours après, elle partait pour Sens, où elle est restée un an.

Le 23 août 1893, elle revenait à Lourdes avec les malades du pèlerinage national ; tous les médecins qui se trouvaient à ce moment dans le bureau des Constatations l'ont examinée de nouveau et ont pu s'assurer que sa poitrine était indemne de toute lésion et que sa guérison était bien définitivement assurée.

Cette année-ci, Marie Lebranchu se rendait à la gare d'Orléans pour assister au départ des malades, et accompagnait de ses vœux ses anciens compagnons d'infortune. Le médecin du pèlerinage national qui l'avait remarquée dans la gare, au moment du départ, avait été frappé de son entrain et de sa bonne mine, et nous apportait, une fois de plus, l'assurance que la guérison de Marie Lebranchu ne s'était pas démentie.

En résumé, M. Zola admet la maladie de *La Grivotte* : elle est « phtisique au troisième degré. » Il admet aussi sa guérison : « elle aurait dansé jusqu'au jour si la Sainte Vierge avait donné un bal. » Il essaye d'expliquer cette guérison par des forces inconnues, mais bientôt il s'en prend aux médecins de la confusion où il s'engage. Il fait appel à la théorie de la maladie nerveuse et de la suggestion, et finit par faire mourir *La Grivotte* qui se porte bien.

Si nous n'avions qu'une guérison comme celle de Marie Lebranchu, on pourrait accepter toutes les objections, ou, du moins, placer cet exemple parmi les exceptions qui échappent à toute règle. Mais le jour où guérissait Marie Lebranchu, guérissait aussi Irma Montreuil, et dans des conditions plus extraordinaires encore. Irma Montreuil avait les accidents des derniers jours : le muguet dans la bouche, des plaies et des fistules et, en quelques instants, ses plaies étaient cicatrisées, le muguet avait disparu; ses poumons, à moitié détruits, avaient retrouvé leur intégrité première.

Nous trouvons dans les *Annales de Lourdes* trente exemples semblables, aussi étonnants, aussi instantanés. La guérison de poitrinaires à Lourdes offre à nos méditations un champ trop vaste pour qu'on puisse le circonscrire dans un seul fait. M. Zola semble l'avoir compris, car il cite aussi la guérison de Sœur Julienne qu'il n'accompagne d'aucun commentaire et qu'il reproduit exactement en résumant le texte des *Annales*.

Nous voyons à Lourdes des guérisons instantanées de tubercules, non seulement dans les poumons, mais dans tous les organes.

Nous avons observé cette année plusieurs guérisons de péritonites tuberculeuses; ces affections sont aussi graves, aussi difficiles à guérir que les maladies de poitrine.

De Brower.

Pendant le pèlerinage belge du mois de mai dernier, Jean de Brower, d'Audenarde, atteint d'une péritonite tuberculeuse des plus graves, lequel ne s'était pas levé depuis trois ans, a retrouvé une guérison complète après quelques lotions d'eau de la Grotte. Pendant le voyage, sa tète ballottait, inerte comme celle d'un cadavre. Au retour, sa figure était radieuse, et on ne se lassait pas d'admirer l'air de vie et de joie qui se reflétait sur son visage.

Marie Beuvelot, du pèlerinage alsacien-lorrain, était arrivée en septembre dernier dans les mêmes conditions.

Le professeur Spillmann, de la Faculté de médecine de Nancy, écrit à son sujet :

« Mlle Marie Beuvelot est entrée dans mon service le 8 juin 1892 pour des accidents que j'ai rattachés à la tuberculose abdominale. Elle avait une diarrhée continuelle, ne mangeait que fort peu, ne pouvait plus marcher.

» Sa mère est morte tuberculeuse. »

Depuis son retour de Lourdes, le même médecin constate (qu'elle se porte bien et que les accidents intestinaux ont complètement disparu.)

## Mlle de Guersaint, paralysie hystérique.

La maladie, la guérison de Mlle de Guersaint remplissent tout l'ouvrage. C'est un type d'hystérique, guéri par la suggestion. D'après Zola, toutes les guérisons de Lourdes doivent rentrer dans ce cadre.

La consultation au moment du départ est un chef-d'œuvre : c'est la lutte de la vieille et de la nouvelle école, le triomphe des découvertes modernes sur les formes cachées de l'hystérie.

Ils sont trois médecins, deux qui n'y connaissent rien, ce sont les vieux. Ils finissent par se mettre d'accord, en admettant trois maladies : une paralysie, une

Dès leur arrivée en gare, les malades trouvent les brancardiers volontaires qui les attendent avec le matériel nécessaire pour les transporter.

maladie de la moelle, une rupture des ligaments. Mais un troisième, jeune, peu connu, d'une vive intelligence, un peu bizarre (un médecin de roman), admet : « une luxation de l'organe, une déchirure des ligaments, puis rétablissement des choses en leur place, accidents nerveux consécutifs qui immobilisent la malade dans la douleur croissante. Elle reste sous l'obsession de la peur première, incapable d'acquérir des notions nouvelles, si ce n'est sous le coup de fouet d'une violente émotion. »

L'explication n'est pas claire.

Il prédit la guérison à Lourdes en coup de foudre. Ce poids, cette boule qui étouffe la jeune fille, remonterait et s'échapperait par la bouche, comme ces démons ailés, que des peintres nous représentent s'échappant du corps des possédés. Une réminiscence des démoniaques dans l'art, c'est du Charcot tout pur.

Le jeune médecin refuse absolument de signer un certificat. Quelle preuve de courage et d'indépendance!

Il ne s'était pas entendu avec ses deux confrères qui le traitaient d'un air froid, en esprit aventureux. Pourquoi? Parce qu'il reconnaissait une paralysie hystérique? Ce n'était pas la peine de se brouiller. Nous en voyons partout aujourd'hui, même là où il n'y en a pas. Ce n'est plus le privilège des jeunes, c'est du vieux jeu.

Enfin, nous voilà avec une paralysie hystérique, qui doit guérir en coup de foudre.

Pour rendre la situation plus pathétique, il enferme la malade dans une caisse étroite où l'on adapte des roues pour la promener. Elle vit dans cette boîte sept ans, abandonnée des médecins, c'est le mot consacré pour les malades désespérés.

« Elle vit serrée entre les planches de ce cercueil roulant, la face amaigrie et terreuse, reste d'une délicate enfance, malgré ses vingt-trois ans, charmante au milieu de ses merveilleux cheveux blonds, des cheveux de reine que la maladie respectait. »

« Les cheveux de reine, » c'est de la poésie, je me demande si les reines ont de beaux cheveux, et surtout comment les médecins peuvent être assez barbares pour emprisonner pendant sept ans, dans une sorte de cercueil roulant, une jeune fille, alors qu'ils connaissent le remède qui peut la sauver, le lieu et le jour où elle doit guérir.

« Une violente émotion peut la guérir, » nous dit-on.

Mais on trouve partout des émotions, Mettez le feu à sa boîte, tirez un coup de canon derrière elle (*Applaudissements prolongés*), essayez de l'hypnotisme et de la suggestion. Qu'allez-vous chercher à Lourdes? des chants, des prières, des cérémonies religieuses? vous en avez partout, dans les églises, dans les théâtres.

L'on nous dit qu'à Lourdes on obtient des effets de suggestion religieuse, c'est-à-dire une suggestion que la foi seule peut produire avec cette action puissante, illimitée.

C'est une sorte de suggestion à part qu'on ne trouve que là.

Mais alors, nous sommes sur le point de nous entendre, ce n'est plus qu'une question de mots qui nous divise, si l'on nous accorde que ce que nous obtenons dans nos cliniques n'est qu'un jeu d'enfant à côté des guérisons merveilleuses que nous observons à Lourdes.

Zola ne fait pas guérir M^lle^ Guersaint dans la piscine; il la réserve pour la procession du Saint-Sacrement; il la promène pendant deux ou trois jours; il la prépare; il lui donne des hallucinations de tous les sens.

« Le soir, elle est dans sa petite voiture, tout près de l'abri des pèlerins, à côté des massifs, lorsqu'elle dit à Pierre : « Il doit y avoir des roses, ne sens-tu pas ce parfum délicieux? » Pierre chercha s'il n'y avait pas quelques corbeilles de roses. En passant près de l'abri, il s'aperçut qu'il se dégageait de là une odeur nauséabonde. Les dalles humides étaient couvertes de crachats, de graisse, de vin répandu, on y faisait de tout, dans un entassement de chairs sales et de loques. Pierre pensa que l'exquise odeur de roses ne venait pas de là. » (*Rires.*)

« Il avait raison! » D'autant qu'à côté de l'abri des pèlerins, Zola avait flairé certains lieux réservés, et pendant le pèlerinage national, il ne peut être question de roses. (*Rires.*)

C'est du Zola tout pur. Je comprends fort bien qu'on ait appelé « le symphoniste des odeurs » l'homme qui a le plus vécu par le nez et qui le met partout. Il a dû être bien heureux de trouver un tel endroit pour faire respirer le parfum des roses à Mlle de Guersaint. (*Rires et applaudissements.*)

Vient ensuite l'hallucination des yeux et des oreilles. Pendant la nuit, à la Grotte, la Vierge apparaît à la malade, elle lui parle, elle lui promet qu'elle sera guérie à 4 heures du soir.

Je n'ai jamais observé ces visions et ces prédictions chez les malades guéris. Vient ensuite le récit de cette guérison.

« Tout d'un coup, lorsque le Saint-Sacrement passa, ses yeux se rallumèrent, son visage, sous un flot de sève, s'animait, se colorait, et Pierre la vit se lever brusquement. Il voulut la soutenir, elle l'écarta d'un geste et son cri de guérison retentit avec une telle ivresse que la foule entière en restait éperdue. »

La scène est belle. Pour ceux qui ont été témoins de ces résurrections soudaines, elle n'est qu'une pâle copie de la réalité. Il y a de ces émotions que la parole humaine est impuissante à reproduire.

M^lle^ de Guersaint vient au bureau des médecins et là se passe une scène absolument ridicule.

La thèse de Zola comporte une double erreur de diagnostic. Nous avons vu la consultation du début. Il fallait la faire confirmer par le médecin de Lourdes.

Il me fait dire : « Voilà un fait indiscutable : voilà une paralysie due évidemment à une lésion de la moelle, » de telle sorte que sept ou huit médecins, qui étaient avec moi, nous avons leurs noms, auraient admis, dans ces conditions, une lésion de la moelle chez une jeune fille de vingt-trois ans, ce qui est contraire à toute probabilité.

« Seul, un petit docteur, maigre, dont les yeux luisaient derrière ses lunettes, voulut voir Marie de plus près, puis, d'une façon très courtoise, sans même vouloir discuter, il retourna à sa place. » C'était sans doute le camarade de Beauclair.

Quand Zola soutient une mauvaise thèse, il noircit à dessein les acteurs qu'il met en scène. Comment voulez-vous que l'on écoute avec plaisir un homme laid, sans intelligence?

Il jette sur ses portraits une tache d'encre ou de boue.

J'ai eu ma tache d'encre. J'ai, dit-il, « les yeux brouillés, la figure rasée ; je suis petit, trapu, je bâille à 3 heures du matin (*Rires*), je suis vieux. » A peu d'années près, nous sommes contemporains Zola et moi, tous les deux nous avons dépassé la cinquantaine, et sur ce versant, nous entrevoyons les derniers horizons, mais sous un angle différent.

Qui n'a-t-il pas maltraité dans son livre ? Bernadette, les Pères de Lourdes. — Je suis en bonne compagnie.

Si Zola nous croit incapables de reconnaître une paralysie nerveuse, Charcot est là pour nous défendre.

Dans son dernier ouvrage (*La foi qui guérit*), Charcot dit expressément : « Les médecins préposés à la constatation des miracles, et dont la bonne foi n'est pas en cause, savent très bien que la disparition des paralysies hystériques n'a rien qui sorte du domaine des lois naturelles. Ils sont parfaitement fixés sur la nature de ces accidents qui sont pour eux d'observation journalière. »

C'est donc une ignorance inexcusable de la part de Zola, c'est plus encore.

Il a lu et médité Charcot, parcouru mon *Histoire de Lourdes*, il m'a fait de nombreux emprunts : c'est un défaut de bonne foi.

Lorsqu'il me prête ces paroles que je n'ai pas prononcées et que je ne devais pas prononcer : « Mademoiselle que vous voyez-là était atteinte d'une très grave maladie de la moelle et le diagnostic ne peut pas être contesté, » il sait très bien que je n'ai pas tenu ce langage.

Il continue : « Nous n'avons pas ici de convalescence, sans doute la réparation des tissus va se faire avec quelque lenteur.

» Déjà Mlle de Guersaint apparaissait, forte, les joues remplies et fraîches. Traînant son chariot elle-même, elle se plaça derrière le dais, en pantoufles, la tête couverte d'une dentelle; elle marcha la poitrine frémissante, la face haute, illuminée et superbe. » C'est très beau, trop beau. Zola fait du miracle sans le savoir.

Écoutez encore Charcot : « Si pendant ces paralysies, les muscles se sont atrophiés, et après sept ans, l'atrophie est fatale, les membres ne prennent leur force et leur volume que lorsque leurs muscles se sont refaits. C'est le cas de Mlle Coirin qui ne put se servir de sa jambe atrophiée pour monter en voiture que *vingt jours après sa guérison* qualifiée de soudaine. »

Nous sommes loin de l'instantanéité telle que la suppose Zola.

Mlle de Guersaint, type d'emprunt, ne pouvait guérir, ni à l'heure prédite, ni en une seconde. Après sept ans de paralysie, pour refaire ses muscles atrophiés, pour donner à ses jambes leur force, à ses joues leur éclat, il fallait infuser un sang nouveau. Une résurrection instantanée et complète, c'est de l'*inconnu*, de l'*au delà*. Tout ce que le romancier redoutait le plus.

Ce n'était donc pas la peine d'accumuler les hypothèses, de mettre en contradiction tous les médecins, d'enfermer cette malade sept ans dans une boîte pour aboutir à une guérison qui se retourne contre lui.

Zola aurait dû prévoir sa déroute.

Comment un romancier étranger à toute notion médicale, qui n'avait ni le temps ni le goût d'étudier, pouvait-il penser qu'il allait trancher un débat sur lequel les hommes les plus compétents se divisent?

Il n'y aurait à Lourdes que des guérisons comme celle de Mlle de Guersaint, que nous n'en serions pas moins en présence de problèmes insolubles.

Mais il y a mieux. Zola a rencontré sur sa route la carie des os, le lupus, les maladies de poitrine et, malgré son habileté, sa souplesse, ces faits restent inexpliqués.

A côté de ce type d'emprunt, je vais vous donner un type réel, et vous verrez la distance qui sépare le roman de l'histoire.

### Marie Briffault.

J'ai vu arriver à Lourdes une jeune fille dans une caisse; cette caisse est encore à l'hôpital, où tout le monde peut la voir.

Je l'ai montrée ces vacances au Dr Jaclard, correspondant de la *Justice* et des *Novosti* de Saint-Pétersbourg. Ce n'est pas une caisse d'apparat, capitonnée, montée sur roues, c'est un vrai cercueil, une caisse en bois blanc rectangulaire.

La malade que l'on avait enfermée là-dedans ne pouvait guérir sous le coup d'une violente émotion. En la voyant, on n'aurait pas dit, comme de Mlle de Guersaint, « qu'elle charmait quand même, au milieu de ses merveilleux cheveux blonds que la maladie avait respectés. »

Non, elle inspirait à tous la compassion ; d'horribles souffrances lui arrachaient des plaintes continuelles.

Marie Briffault.

Mlle de Guersaint est une malade d'opéra comique.

L'autre est bien le portrait de ces malheureuses que nous voyons en si grand nombre à Lourdes.

Marie Briffault, de Mont-Saint-Léger, arrondissement de Gray (Haute-Saône), était couchée depuis quatre ans dans les appareils et ne quittait pas le lit, atteinte d'une coxalgie suppurée, avec carie profonde de l'os. Ses souffrances étaient intolérables.

Par la plaie qui s'était formée autour de l'articulation, il était sorti une grande quantité de fragments d'os névrosés; tout autour, un gonflement énorme s'était produit, gonflement qui remontait dans le flanc et descendait dans toute la jambe. Les douleurs étaient si vives que la malade ne permettait plus que de loin en loin qu'on lui lavât sa plaie. La suppuration qui n'était pas étanchée lui empoisonnait le sang.

« Pendant deux ans, dit-elle, j'avais la langue noire, la bouche sèche, et je vomissais tout ce que je buvais, car je ne prenais aucune nourriture solide.

» Un jour, on voulut me changer de linge, mon dos et ma jambe étaient collés après la gouttière, il fallut m'arracher la peau pour me soulever; j'étais tout en sang.

» Au mois de mai 1892, mon grand-père allait mourir, il m'appelait pour me voir une dernière fois. Je voulus essayer de m'asseoir pour l'apercevoir par la porte entr'ouverte dans la chambre d'en face, jamais je n'ai pu le faire.

» Les médecins cessèrent peu à peu leurs visites. Ils avaient déclaré que je ne guérirais pas et que la mort ne tarderait pas à venir. »

Marie Briffault s'est préparée pendant un an à son pèlerinage, offrant ses souffrances et ses prières dans ce but.

« Une quinzaine de jours avant le départ, voyant qu'il était impossible de me transporter dans ma gouttière, on me fit faire cette caisse. La première fois que j'y entrai, j'eus bien peur, je me figurais être dans un cercueil, et l'on disait autour de moi qu'elle me servirait pour cet usage avant d'arriver à Lourdes ou pour en revenir.

» Au moment du départ, j'entendais de ma fenêtre tous les voisins qui disaient : « Elle est folle de partir, elle mourra en route. »

» Le voyage si long (1200 kilomètres) fut affreusement pénible ; mes souffrances étaient horribles, je me détournais pour cacher mes larmes, et j'étais obligée de soulever ma couverture, ne pouvant supporter qu'elle me touchât la jambe.

» A Lourdes, j'ai eu réellement peur de mourir sans revoir les miens.

» Mlle Raphaël, directrice de la salle Saint-Camille, voulut voir ma jambe ; elle était dans un tel état qu'elle eut peur en me découvrant. Elle m'a embrassée en me disant : « Pauvre enfant, pourrez-vous aller jusqu'à la Grotte ? C'est bien loin pour vous. »

» Cependant on m'emporte, on me place au milieu des malades. Je n'ai que la force de réciter un *Ave Maria*. Je ne songe même pas à demander ma guérison. »

Que nous sommes loin de l'hallucination, des roses, des promesses de guérison à l'heure prévue !

Ni le premier bain dans la piscine, ni la procession qu'elle rencontre sur son chemin n'ont d'influence sur son état. Le lendemain, on la porte une seconde fois dans la piscine.

« On me soulève avec des bandes, pour me mettre

sur un drap et me descendre dans l'eau. On n'osait pas me toucher.

» Ce que j'ai souffert en ce moment est indicible. Il me semblait que ma jambe se disloquait.

» A peine dans l'eau, je ne bouge plus. Les douleurs cessent. Ma jambe n'est plus lourde ; il me semble qu'on m'a enlevé un poids énorme qui m'écrasait.

» On me dépose sur la pierre, je reste là immobile, les yeux à demi fermés, on me croit morte.

» Mais aussitôt : « Je suis guérie ! » dis-je aux dames qui m'assistaient.

» Les baigneuses relèvent mon peignoir, me mettent debout, m'examinent.

» Plus de plaie ; la jambe n'est plus noire, plus enflée, on la touche sans provoquer aucune douleur..... J'étais guérie !

» Les dames décident de taire ma guérison. Je suis trop faible, disent-elles, la foule voudrait me voir, je pourrais m'évanouir. On me remet dans ma caisse, on me porte à la Grotte, à la procession. Là, je me suis redressée dans ma caisse, j'ai voulu me précipiter devant le Saint-Sacrement. On m'a retenue, je n'étais pas habillée. Depuis longtemps, je ne portais plus de vêtement. A l'hôpital, la sœur de M. le curé m'a prêté une jupe et j'ai fait mes premiers pas appuyée sur les brancardiers. J'étais bien guérie, je ne savais plus marcher.

» Je ne pouvais m'habituer à ne plus souffrir et je pensais : « Si c'était un médecin qui m'eût guérie, je le payerais, je serais quitte, mais comment m'acquitter envers la Sainte Vierge? »

Ce n'est plus ce cri de guérison théâtral de Mlle de Guersaint, « lancé avec une telle ivresse que la foule entière restait éperdue...., ce chariot bruyamment traîné derrière la procession. »

La visite de Marie Briffault au bureau des Constatations termine son récit. « Le président du bureau, dit-elle, refuse de proclamer le caractère surnaturel de ma guérison, à cause de l'ankylose qui persiste encore. Il veut que l'épreuve du temps ait apporté sa confirmation, que l'enquête soit complète. »

C'est la reproduction exacte du procès-verbal qui fut inscrit ce jour-là sur mon registre. On voit que nous ne poussons pas à la constatation des miracles.

La guérison de Marie Briffault, survenue au mois de septembre 1893, n'a été publiée qu'au mois de septembre 1894, après son second pèlerinage à Lourdes. Dans l'espace d'un an, elle avait gagné 38 livres dans son poids. Sa démarche est aisée, et cependant la tête entière de l'os a été éliminée.

Marie Briffault avait droit à la caisse, qui n'est qu'une question de mise en scène pour Mlle de Guersaint.

Les témoins qui déposent dans sa cause sont autrement sérieux que l'abbé Pierre qui commet un faux en signant une page d'erreur et de mensonge. Il a toutes les complaisances, cet abbé de roman. Quel caractère !

Nous avons observé pendant le dernier pèlerinage

12 guérisons de coxalgie. Toutes les variétés se trouvent réunies dans ces exemples.

*La Croix du Nord* a raconté la guérison de Valentine Rousseau, atteinte d'une coxalgie et guérie subitement à Lourdes, au mois de septembre. Ce fait a été l'occasion d'une polémique très vive soulevée par le *Progrès du Nord* et continuée par *La Lanterne*.

On reprenait la thèse de la coxalgie hystérique et de la suggestion. Cette malade, disait le *Progrès du Nord*, appartient à cette série de scrofuleux, accessible à l'influence morale et préparée aux violentes réactions.

Je répondis dans le journal de Lourdes. Pourquoi s'arrêter à des faits douteux? Vous dites que Valentine Rousseau avait une coxalgie nerveuse. La chose n'est pas prouvée, mais je vous l'accorde. Laissons de côté cette guérison et prenons celle de Marie Briffault. Je vous défie, avec cet exemple, de parler de suggestion et de nerfs, d'expliquer ce fait par aucune théorie scientifique.

Mon défi ne fut pas relevé. On fut cependant interviewer M^lle^ Briffault : on voulut essayer de trouver quelques lacunes dans son observation.

Cette jeune fille nous écrivait, le 6 octobre dernier :

« Je tiens, Monsieur le docteur, à vous faire part d'une visite qui m'a beaucoup ennuyée et bouleversée. Samedi, 29 septembre, j'ai reçu la visite d'un étranger qui m'a demandé comment j'avais été guérie. « C'est la Sainte Vierge, lui dis-je, qui m'a guérie. » Il a ri, il voulait me faire avouer que l'on m'avait assurée d'avance de ma guérison et qu'alors une fois à Lourdes, il était convenu que je devais me lever. Il appelle cela de la suggestion.

» Il m'a présenté un livre de Zola, je n'ai pas voulu le lire, alors il s'est fâché, il a prononcé des paroles grossières contre Lourdes et les prêtres et m'a dit qu'on m'avait fait la leçon. Il m'a tellement épouvantée que je tremblais de tous mes membres. Il s'est aperçu de mon trouble et, d'un ton radouci, m'a offert de l'argent si je voulais avouer que c'était par suggestion que j'avais été guérie.

» Je n'ai pas voulu ; il s'est de nouveau fâché et m'a dit qu'il essayerait d'expliquer mon cas de guérison qui, à son avis, est un des plus extraordinaires.

» Ce monsieur se dit médecin, mais je ne connais pas son nom.

» J'ai reçu une lettre d'un autre docteur qui me demande l'histoire de ma maladie et de ma guérison.

» J'hésite à le faire, je crains qu'il ne ressemble à celui qui est venu me voir. »

Mon défi n'avait pas été relevé, mais il avait été entendu et pas un médecin ne s'était soucié d'engager une polémique sur une plaie et une carie des os instantanément guéries.

Zola ne se serait pas embarrassé pour si peu, il nous aurait dit « quelle force ignorée avait agi, quel concours d'erreur et d'exagération avait abouti à ce beau conte. »

A moins que, pour détourner l'attention, il n'eût fait jouer la malade à la poupée, ou bien nous eût fait admirer sa chevelure de reine et la blancheur de son pied.

Ce sont des procédés qui lui appartiennent.

*
* *

Je me résume.

Zola croyait pouvoir écrire l'histoire humaine de Bernadette. La dualité de cette figure lui échappe. Un moment ébloui par les clartés surnaturelles qui éclairent cette physionomie, il détourne bientôt la tête et ne voit plus qu'une bergère ignorante. Il la rejette alors loin de lui, comme ces statues que l'artiste mécontent brise sous son pied.

Il veut prouver que les guérisons ne sont qu'erreur et mensonge; pour soutenir sa thèse, il écarte Clémentine Trouvé qui le gène. Il fait guérir Marie Lemarchand d'une façon progressive, imparfaite, alors que la guérison a été instantanée et complète. Il fait mourir Marie Lebranchu qui se porte bien. Son type de maladie nerveuse est invraisemblable et faux; cependant, malgré lui, il vient échouer dans le surnaturel.

Il va chercher chez les coiffeurs et les marchands tous les racontars qui lui servent à juger hommes et choses. Il jette l'outrage et la calomnie sur les Pères de Lourdes, qui avaient consenti à abaisser devant lui toutes les barrières. Quant à moi, après lui avoir témoigné beaucoup d'affection, il prétend que je le déteste.

Il croyait donc qu'entre nous, ce n'était qu'une question de pure courtoisie? Un abîme nous sépare. Nous défendons des principes qui ont été l'objet de l'étude de notre vie entière, et sur lesquels nous ne pouvons admettre aucune transaction.

Il venait chercher une affaire. Les mains vides de documents, il avait la prétention de redresser nos jugements et de nous imposer ses programmes. Il ignorait que depuis près de quarante ans, nous nous succédons à Lourdes dans un rude labeur et que nous travaillons sans relâche à élucider ces graves problèmes.

La partie n'était pas égale entre nous.

* * *

L'œuvre de Zola a soulevé des protestations générales, non seulement du côté des catholiques. Elles lui importeraient peu.

Qu'il lise Max Nordau dans son dernier ouvrage *La dégénérescence*. Il ne s'agit pas seulement de Lourdes, mais de l'œuvre tout entière du romancier.

« M. Zola, dit Nordau, a la prétention de nous offrir le miroir du monde, le roman réaliste n'est que le miroir de l'écrivain.

» Le penchant instinctif des réalistes est de représenter des insensés, des criminels, des prostituées, leur symbolisme et leur argot.

» Autant de symptômes de dégénérescence.

» Il faut mettre en garde contre le mal les gens qui suivent la mode et s'abandonnent à la contagion.

» En montrant dans les écrivains réalistes de véritables malades, l'auteur a cherché, dit-il, à protéger la société elle-même, la santé publique. C'est une question de salubrité et de préservation sociale. »

Et cependant, M. Nordau n'est pas des nôtres.

« Le jugement le plus sévère qui ait été porté sur Zola et qui doit le disqualifier aux yeux des ses compatriotes, c'est celui qu'a prononcé l'empereur d'Allemagne. »

Il vient d'un ennemi de la France et nos ennemis connaissent mieux que nous nos côtés faibles.

Il s'adresse à l'auteur de la *Débâcle*.

L'empereur, dans un entretien avec Jules Simon, s'est exprimé de la sorte en parlant de Zola : « Ce n'est pas à ses qualités qu'il doit ses succès, c'est aux vilenies morales et aux saletés dont il empoisonne ses écrits. Voilà, en France, ce que vous préférez en ce moment, ce qui vous charme, ce qui donne aux étrangers le droit de juger sévèrement votre état moral. »

« Je souffrais beaucoup, pendant ce temps-là, dit Jules Simon, d'autant que l'empereur n'y mettait aucune malveillance, aucun parti pris contre nous. »

Mais c'est assez nous entretenir d'un homme qui, par intérêt ou passion, est venu étourdiment se jeter dans une entreprise qui n'était pas à sa portée.

Nous ne parlons pas la même langue que lui.

Quelle a été l'influence de ce livre? Loin de ralentir le mouvement qui se produit vers Lourdes, il paraît l'accroître.

Nous voyons beaucoup de curieux, de correspondants de journaux, toute une clientèle qui n'était pas la nôtre.

Cette année, dans mon bureau, j'ai reçu, du 20 août au 20 septembre, plus de 200 médecins; nous avons rédigé 120 procès-verbaux de guérisons, trois mille malades ont été hospitalisés, les pèlerins ne se comptent plus, c'est par plusieurs centaines de mille qu'ils se succèdent sur les bords du Gave.

Zola a jeté dans l'atmosphère si pure de Lourdes un trouble momentané, un brouillard déjà dissipé, comme ces fumées noires qui s'échappent du foyer des locomotives et que les courants du ciel emportent aussitôt.

Lourdes n'est pas une question d'ordre purement scientifique. Quelle place tiennent les guérisons dans le plan providentiel? Il serait difficile de le dire.

A Lourdes, le miracle est partout; il est dans ces grâces sans nombre de conversion; il est dans ce mouvement qui entraîne le monde entier vers nous. Dans son existence merveilleuse, Lourdes est devenu la plus grande manifestation de la foi catholique dans notre siècle.

Ce pèlerinage, qui aurait dû disparaître cent fois sous le choc de toutes les oppositions, n'a jamais été atteint. Il dépasse en importance tout ce que l'histoire nous rapporte des pèlerinages antérieurs.

On nous dit que les faits que nous présentons sont incomplètement prouvés, nos enquêtes imparfaites. Dans les questions qui relèvent du témoignage, on ne peut prétendre à l'absolu mathématique.

Mais en multipliant les exemples, en mettant toutes les preuves en faisceau, on touche à la certitude.

Les guérisons de Rudder, de Joachime Dehant, d'Amélie Chagnon, de Sœur Julienne et de beaucoup d'autres sont désormais à l'abri de toute contestation.

En vous présentant les anciens malades qui m'entourent, je vous donnerai leurs noms, leurs adresses; vous pourrez refaire les enquêtes, discuter les témoignages, devenir vous-mêmes les témoins et les juges des guérisons extraordinaires dont je vous ai fait le récit.

## Présentation des malades.

La première personne que vous voyez à côté de moi, c'est Marie Lemarchand (Élise Rouquet), la femme au lupus. Elle est venue tout exprès de Caen avec son médecin pour nous apporter le témoignage de sa guérison. Elle est redevenue jeune, belle, le visage parfaitement régulier, sans aucune trace du mal qui la rongeait.

Voilà le lupus de Zola !

Il y a peut-être encore des larmes dans ses yeux. En entendant tout à l'heure cette description qu'elle n'avait jamais lue : « Cette tête au museau de chien, cette langue lapant l'eau, » une émotion indicible s'est emparée d'elle, elle ne peut dissimuler son trouble.

Cette pauvre enfant est l'aînée d'une famille nombreuse; elle travaille tout le jour pour venir en aide à ses parents infirmes et sans ressources.

Voici les deux enfants Renauld, ces petites Parisiennes de la rue Mouffetard, venues à Lourdes boiteuses toutes deux, avec une jambe plus courte et plus mince que l'autre. En une seconde, dans la piscine, leur jambe s'allongea de trois centimètres et il fallut enlever la plaque de liège qui surélevait le talon de la jambe plus courte. Elles partirent parfaitement d'aplomb, bien en équilibre, et telles que vous les voyez aujourd'hui. Il faut lire le récit de cette guérison dans tous ses détails pour en comprendre l'importance et l'intérêt.

Voici le certificat du Dr Monnier : pour l'une des sœurs :

## Guérison d'une atrophie du membre inférieur droit.

« C'est à l'âge de quatorze ans que Charlotte Renauld a présenté une certaine irrégularité dans sa démarche; elle a commencé à boiter, à incliner tout son corps sur le côté droit. Le premier médecin consulté croit à un début de coxalgie; la mère, effrayée, conduit sa fille au dispensaire Furtado-Heine, dirigé par le Dr Redard, qui s'occupe spécialement d'orthopédie.

» Le Dr Redard constate simplement un raccourcissement *vrai* du membre inférieur droit atteignant *trois centimètres*. Il fait mettre une semelle de liège dans le soulier pour remédier à la différence de longueur, et la stabilité normale du corps est rétablie.

» C'est le 12 juillet 1892 que nous sommes appelé à examiner pour la première fois cette jeune fille. Elle nous paraît jouir d'une assez bonne constitution. Nous la faisons coucher et nous constatons une différence de longueur de près de trois centimètres du côté du membre inférieur droit. De plus, le mollet correspondant a deux centimètres de moins que le gauche; par contre, chose curieuse, la cuisse droite a un centimètre de plus. Rien par ailleurs, pas de coxalgie, pas de luxation congénitale.

» Un nouvel examen est pratiqué au retour de Lourdes et donne les résultats suivants :

» 1° Toute trace de raccourcissement a disparu. La jambe droite paraît même de trois ou quatre millimètres plus longue que l'autre ;

» 2° Le mollet droit n'a plus qu'un centimètre de moins que le gauche ;

» 3° Enfin, la circonférence de la cuisse droite ne l'emporte plus que d'un demi-centimètre sur la gauche.

» Pour mesurer la longueur, nous faisions coucher l'enfant et nous mettions les deux épines, les deux hanches, absolument sur le même plan. Lorsque la jeune fille est debout, la direction du tronc est verticale, les hanches et les épaules sont sur le même plan. Ajoutons que cette jeune fille a grandi de deux ou trois centimètres du 12 juillet au 28 octobre.

» En résumé, il s'est produit chez Charlotte Renauld, en dehors de tout état morbide, un allongement du membre inférieur droit qui dépasse de vingt-huit à vingt-neuf millimètres la croissance normale du membre inférieur gauche, *fait absolument extraordinaire.*

» Paris, 28 octobre 1892.

» Dr MONNIER,

» *chirurgien de l'hôpital Saint-Joseph.* »

Marie Le Bourlier — une poitrinaire guérie le même jour que La Grivotte. — Elle arrivait à Lourdes avec son dix-huitième vésicatoire; elle ne quittait pas la chambre depuis dix mois. Son père est mort de la poitrine.

Il a fallu la descendre sur un drap dans la piscine; à la troisième immersion, elle a été guérie, si complètement guérie qu'elle a pu porter les malades le même jour, les baigner à son tour et prendre sa place parmi les hospitalières les plus vaillantes. Depuis cette époque, malgré la vie pénible et souvent difficile qu'elle est condamnée à mener, sa santé est restée à l'abri des atteintes passées.

Le même jour guérissait aussi Irma Montreuil.

Irma Montreuil est la femme d'un mineur de Lens (Pas-de-Calais); elle est âgée de trente-trois ans et mère de sept enfants. Depuis trois ans, son organisme s'effondre sous les étreintes d'une phtisie implacable. Depuis le mois de janvier, elle ne s'est pas levée. Son médecin nous écrit qu'elle est aux dernières périodes et que la mort arrive à grands pas..... Il suffit de la voir pour s'en convaincre.

Elle entre dans notre bureau, soutenue par une religieuse qui lui humecte sans cesse la bouche avec une plume trempée dans une solution d'acide borique; sa bouche est pleine de muguet, sorte de crème blanche qui la tapisse en entier. Le muguet, c'est l'accident de la fin.

Une fistule s'est ouverte au mois d'avril et donne issue à une suppuration abondante.

Pendant le voyage, on a cru la perdre et on lui a donné en toute hâte l'Extrême-Onction.

A la piscine, on refuse de la baigner; elle insiste, elle supplie par signes; on la met dans l'eau : une fois, deux fois, trois fois. Une secousse violente ébranle tout son corps, sa poitrine se déchire, une flamme ardente traverse sa fistule.....

Tout à coup, un calme instantané se fait, ses souffrances se dissipent comme un éclair..... Elle se lève et va s'agenouiller à la Grotte.

Bientôt après, nous la voyons revenir au bureau des médecins, toujours accompagnée de la religieuse qui porte encore à la main la plume et le flacon avec lesquels elle humectait sa bouche.

Les Drs Seauze, Rousseau, Descornières l'examinent avec le plus grand soin. Il n'y a plus trace d'aucune lésion dans sa poitrine; plus de muguet, la fistule s'est instantanément cicatrisée; à sa place on trouve une rainure blanchâtre et solide.

C'est une résurrection! tubercules, fistule, muguet, lésions intérieures et lésions visibles, tout s'est évanoui en une seconde.

Claire Merrien continue la série des phtisiques guéris à Lourdes.

Son père et sa mère sont morts d'une maladie de poitrine. Malade depuis deux ans, elle a été soignée à l'asile de Villepinte.

Au troisième bain de piscine, tous les symptômes de la phtisie ont disparu. Elle faisait partie du dernier pèlerinage national. Elle assiste à notre conférence, vous pouvez vous assurer qu'elle est bien guérie.

Amélie Chagnon arrivait de Poitiers avec Clémentine Trouvé. Elle avait une carie des os du pied, une tumeur blanche du genou; sa guérison est plus remarquable encore que celle de Clémentine. Nous reproduisons ici le certificat de son médecin ou plutôt de ses médecins, les Drs Dupont et Gaillard.

Je soussigné, Pierre Dupont, docteur en médecine à Poitiers (Vienne), certifie que Mlle Amélie Chagnon était atteinte :

1° D'une arthrite du genou gauche, de nature scrofulo-tuberculeuse avec gonflement énorme de l'articulation, surtout au niveau des culs-de-sac, sensibilité excessive au toucher, tendance à la luxation et développement considérable de fongosité.

2° D'une carie du deuxième métatarsien gauche avec trajet fistuleux et suppuration osseuse.

Je donnais depuis plusieurs mois déjà mes soins à cette jeune fille. J'avais tout d'abord employé les vésicatoires, puis les pointes de feu profondes, enfin appliqué sur toutes la longueur du membre un appareil inamovible que je retirai, il y a un mois et demi environ, sans le moindre résultat.

Les douleurs articulaires étaient toujours très vives, l'empâtement persistait et les fongosités semblaient même avoir augmenté.

L'état du pied était le même. J'avais donc décidé, lorsque l'état général serait amélioré sous l'influence du régime et d'une médication appropriée, de pratiquer l'extraction complète du deuxième métatarsien, et ensuite faire des injections interstitielles de chlorure de zinc dans les tissus du genou.

Lorsque je prévins cette jeune fille de la nécessité de subir ces diverses opérations, elle me pria de les différer, parce qu'elle était dans l'intention d'aller à Lourdes. Je me conformai tout naturellement à son désir, et, au moment où elle partit, elle ne quittait pas son lit ; la suppuration du pied persistait et l'état du genou était tel que je l'ai décrit plus haut.

La veille du départ, je la vis souffrir tellement que j'éprouvai une certaine appréhension et me demandai comment elle pourrait supporter les fatigues du voyage.

A son retour, voici les constatations exactes que je fis : le trajet fistuleux, qui était d'environ $0^m,02$, avait disparu ; la cicatrisation était complète, nette, solide. Aucune sensibilité à la pression sur les différentes parties de l'articulation.

En foi de quoi, j'ai délivré le présent rapport que je certifie conforme à la vérité.

*Signé :* Dupont.

Poitiers, 30 août 1891.

Le Dr Gaillard résume son impression dans les lignes suivantes :

Je soussigné, Hyacinthe-Joseph Gaillard, docteur en médecine de la Faculté de Paris, habitant la ville de Parthenay (Deux-Sèvres), certifie que Mlle Amélie Chagnon, âgée de dix-sept ans, demeurant à Poitiers, à laquelle j'ai donné mes soins pour une ostrite des os du pied gauche et une arthrite chronique du genou, est complètement guérie, et qu'il ne reste aucune trace de ces deux affections. La plaie du pied offre une cicatrice solide et le genou a le même volume que le droit ; les mouvements sont libres et normaux dans les deux articulations.

En foi de quoi je lui ai délivré le présent certificat, pour servir et valoir ce que de droit.

*Signé :* Dr GAILLARD.

Parthenay, 5 septembre 1891.

Mlle Élise Lesage, une de nos malades de 1893, est arrivée ce matin de Bucquoy, dans le Pas-de-Calais. Elle avait été soignée par le Dr de Saint-Germain qui avait conseillé des cautérisations au fer rouge profondes et souvent répétées.

S'il n'y avait pas d'amélioration au bout de deux mois, il conseillait de faire la résection des os malades. Le mal s'était aggravé, suivant les prévisions du médecin.

A ce moment, le pèlerinage national s'organisait : Élise se fait inscrire. Depuis longtemps sa pensée est sans cesse tournée vers Lourdes ; c'est là qu'elle doit guérir ; elle n'a plus confiance dans les moyens humains.

Elle part avec ses béquilles, la jambe toujours enfermée dans son appareil.

A Poitiers, autour du tombeau de sainte Radegonde, elle se soutient quelques instants sur son pied malade, elle fait le tour du tombeau. Ce n'est pas un résultat complet, mais c'est le premier rayon d'espérance. C'est le signe avant-coureur de la guérison définitive.

A Lourdes, elle entre dans la piscine, toujours avec son appareil, on lui a défendu de le quitter.

En sortant de l'eau, elle s'appuie facilement sur son pied et vient directement au bureau des médecins. Elle nous demande de lui enlever son appareil.

Nous fendons cette gouttière dans toute son étendue, et nous mettons à jour ce genou depuis si longtemps immobilisé dans cette boîte rigide. Il n'y a ni raideur, ni ankylose, pas de gonflement, pas de trace de tumeur blanche; tous les mouvements sont libres. La

Elise Lesage.

cuisse, au-dessus du genou, a trois centimètres de moins que du côté opposé; mais, dans la soirée, on la mesure de nouveau, elle a déjà regagné deux centimètres.

Toutes les traces de ces désordres aussi anciens, aussi graves, se sont effacées à vue d'œil.

Ce n'est pas une amélioration, c'est une guérison complète.

Au retour, les médecins de la jeune fille reconnaissent franchement qu'un pareil résultat renverse toutes les prévisions, est à l'encontre de toutes les lois naturelles. Nous avons revu Mlle Lesage pendant le pèlerinage national de 1893. Ce n'était plus la même personne. L'année dernière, elle se traînait sur ses béquilles, pâle, amaigrie; cette année, elle frappait par

Jeanne Gasteau.

son entrain, son allure décidée; sa physionomie trahissait les sentiments de joie et de reconnaissance qui remplissaient son âme. Le contraste était absolu.

Voilà encore Jeanne Gasteau qui est arrivée à Lourdes avec un mal de Pott, un abcès par congestion des tubercules dans les poumons. Depuis deux ans elle ne se levait pas. Le 20 août 1892, à 4 heures, au passage du Saint-Sacrement, elle s'est relevée sur son matelas. Depuis lors, elle marche très bien, ne souffre plus, son état général est excellent.

Je ne puis que vous nommer Mathilde Saugé, guérie d'une coxalgie.

Rose Vion, atrophie du bras gauche.

Jeanne Creton, ostéites multiples.

Berthe Barussaud, accidents nerveux graves.

Schnetzer, l'aveugle dont je vous ai parlé.

Constance Picquet, le cancer du sein, guérie au dernier pèlerinage.

Vous pouvez voir et interroger ces malades, ils vous donneront les détails les plus précis sur leurs maladies et leurs guérisons.

---

# APRÈS LA CONFÉRENCE

C'était bien réellement le triomphe éclatant et sans retour de la Vierge de Lourdes, une victoire où les personnalités humaines ne comptaient pas, où les faits seuls avaient produit l'évidence, une évidence émouvante qui forçait les larmes à mouiller les yeux. Cette dernière expression n'a rien d'exagéré : à un moment, on pleura dans la salle.

Le Dr Boissarie venait de citer le passage brutal où M. Zola parle de la pauvre petite Lemarchand en la comparant à un chien, et décrit son *lupus* avec la complaisance raffinée qu'il apporte dans ce genre de sujet.

Or, le Dr Boissarie avait demandé à Marie Lemarchand de quitter Caen ce jour-là, et de venir, *avec son médecin*, au cercle du Luxembourg, pour faire éclater devant tous la puissance et la bonté de la Sainte Vierge.

A peine le docteur eut-il terminé la description épouvantable de M. Zola, qu'il se tourna vers Marie Lemarchand, assise sur l'estrade, et lui demanda de se lever.

La pauvre petite obéit, et, au lieu de *cette face de chien coupée par une fente oblique, espèce de trou béant d'où s'écoulait une suppuration verdâtre*, etc..... on vit une pâle figure de jeune fille, idéalement belle sous ses vêtements noirs.

Un frisson parcourut alors la salle devant cette évidence de miracle, et l'émotion atteignit son maximum quand on s'aperçut subitement que l'enfant pleurait.

L'enfant n'avait jamais lu M. Zola, ne savait même pas qu'il eût parlé d'elle; et, entendant tout à coup le passage qu'il lui a consacré, dans lequel il insiste d'une manière si répugnante sur chacune de ses plaies, terminant son tableau par cette épithète « *de chien!* » Marie Lemarchand avait senti les larmes lui monter aux yeux.....

Le Dr Boissarie remarqua que la petite miraculée pleurait, et, tout de suite, il fut lui-même profondément bouleversé; son émotion se traduisit alors avec ce je ne sais quoi d'imprévu, d'extraordinaire qui, venant d'un homme habituellement positif et froid, retourne toute une assemblée :

« Oui, M. Zola, s'écria-t-il, voici Marie Lemarchand! Elle est guérie et belle à voir, et pourtant il y a quelque chose de plus beau en elle que vous n'avez pas vu, pas deviné, pas même pressenti..... c'est son âme!..... Vous vous êtes attardé à la description de ses plaies, vous n'avez oublié qu'une chose, c'est que la pauvre enfant travaillait, et combien!..... pour nourrir son père et sa mère; qu'elle était l'aînée de cinq enfants et leur seul soutien...... Que dis-je? Cette beauté intérieure, vous n'avez même pas songé à la chercher!..... Vous avez préféré battre monnaie sur la figure de cette jeune fille de vingt ans, dans un pays qui est le pays de toutes les courtoisies, et vous n'avez jamais songé à envoyer une pièce d'or à cette enfant qui mettait un mois pour la gagner!..... »

*
* *

Les lecteurs comprendront sans peine les félicitations qui accueillirent le docteur quand il eut fini. Toutes les mains se tendirent vers lui, notamment celles de M. Terrat, de M. Fonssagrives, de Mgr Peri-Morozini, qui représentait le nonce. Mais chacun ne pouvant le remercier, puisque la salle regorgeait de monde, on organisa des députations. Les étudiants en médecine en envoyèrent une, et son langage montra bien que la partie était gagnée : « Désormais, disaient-ils, nous saurons quoi répondre quand nos confrères attaqueront Lourdes, nous avons des faits précis, constatés par des médecins; c'était précisément ce dernier point qui nous tenait le plus au cœur. »

Les étudiants en droit, moins intéressés dans la question que leurs camarades de l'École de médecine, tinrent à se faire représenter devant le Dr Boissarie, qui se trouvait ainsi récompensé de la peine qu'il s'était donnée pour faire éclater la vérité.

Le lendemain, la presse fut unanime à constater le succès de la Sainte Vierge. Non seulement des journaux qui ne passent pas pour ultramontains, tels que le *Temps*, les *Débats*, etc., eurent une note favorable, mais le lendemain nous vîmes le rédacteur d'un grand journal du matin; il était désolé parce qu'à sa rédaction, on n'avait pas voulu accepter son article, tellement il était un panégyrique ému de Lourdes : le Conseil avait prétendu qu'il aurait stupéfié les lecteurs habitués, de la part de ce journal, à un style plus discrètement religieux.

Ce conseil de rédaction n'avait pas parcouru encore les journaux du jour, car ses scrupules se seraient alors probablement évanouis.

Les *Débats* du 22 novembre — édition du matin — parlent en ces termes de la conférence :

« M. le Dr Boissarie a tenu à fixer, en des considérations très générales, les procédés de travail de M. Zola, le mépris dans lequel il tient les faits les plus patents et la souplesse complaisante du talent qu'il met à les adapter aux exigences de ses thèses, à la fantaisie de ses fictions.

» Bien que, sous le pseudonyme du Dr Bonamy, le Dr Boissarie ait été, en maints passages du roman de M. Zola, traité par ce dernier avec une désinvolture toute naturaliste, nous devons à la vérité de dire que le conférencier a reproduit impartialement et sans grande amertume toutes ces marques d'incrédulité, si blessantes qu'elles pussent être pour un médecin catholique.

» Il y a répondu sans acrimonie, et la seule vengeance qu'il ait songé à tirer du romancier a été de rappeler qu'il fut, certain jour, surnommé très justement « le symphoniste des odeurs, » d'insister sur la virtuosité toute spéciale avec laquelle il joue de la réclame, et enfin, d'invoquer la longue clientèle de journalistes et de correspondants dont il s'était fait suivre, » à seule fin de jeter très modestement son nom en pâture au monde entier. »

Le *Temps* du 23 novembre continue :

« Des applaudissements enthousiastes ont salué chaque miracle au fur et à mesure que le Dr Boissarie les énonçait. M. Peri-Morozini, secrétaire de la nonciature, représentait Mgr Ferrata; il était assis à la droite du conférencier, qui a conclu en ces termes :

« Lourdes n'est pas une question d'ordre scientifique; le miracle est partout..... »

*La France Nouvelle* a la note ironique :

« Ce serait le cas de répéter l'expression familière : M. Zola, en écrivant son livre *Lourdes*, a perdu une belle occasion de se taire. Qu'il fasse œuvre de romancier, personne ne conteste ni son droit ni son talent spécial, mais qu'il émette la prétention de faire de l'histoire, nous pouvons le nier. Et il est évident que s'il a voulu peindre Lourdes « tel qu'il est », il a réussi à le décrire « tel qu'il n'est pas »!!

La conférence donnée par le Dr Boissarie, à la salle du Cercle catholique du Luxembourg, a péremptoirement démontré devant un auditoire d'élite, que Zola, en arrivant à Lourdes, avait son siège fait. Dans ces conditions, avait-il besoin de se rendre sur place? De propos délibéré, nous a dit le conférencier, Zola n'étudie pas, il fait du roman et rien que du roman. Il a passé deux heures dans le cabinet du docteur, sans prendre aucune note, sans provoquer aucun débat, sans accepter aucune enquête et, sortant de là, il pouvait écrire deux cents pages sur « ce qu'il avait vu. » Il parle de Bernadette, mais c'est pour la dénaturer, il n'interroge même pas son médecin ni ceux qui ont fait l'éducation de cette jeune fille. Et il accumule pages sur pages; il cherche une affaire, voilà tout le secret de ce « docteur ès sciences humaines, » comme il s'appelle pompeusement lui-même. Aussi est-il tombé comme tombe l'arbre, du côté où il penche, c'est-à-dire dans la boue. »

Toute cette soirée a donc été un triomphe pour Notre-Dame de Lourdes.

Je suppose qu'il se trouvait plusieurs médecins libres penseurs dans la salle; je serais curieux de savoir quelle impression ils en ont retirée. ÉVIDEMMENT, POUR UN HOMME DE BONNE FOI, L'ŒUVRE DE M. ZOLA NE TIENT PLUS DEBOUT.

Le Dr Boissarie a voulu terminer sa conférence par le récit ému d'une conversion importante, celle d'un médecin libre penseur, franc-maçon, protestant et divorcé, qui n'a trouvé la paix et le bonheur que dans un retour sincère aux pratiques religieuses, et cela, grâce à Notre-Dame de Lourdes.

D'enthousiastes applaudissements ont prouvé au conférencier que non seulement il avait été agréable et intéressant, mais qu'il avait fait du bien.

Au nom de toute l'assistance, au nom du Cercle, M. Terrat félicite l'orateur. Mgr Peri-Morozini, secrétaire de la nonciature, s'approche également pour le complimenter.

Que M. l'abbé Fonssagrives, aumônier du Cercle, que MM. les commissaires, reçoivent ici nos remerciements pour l'aimable accueil fait aux membres de la presse. Je crois pouvoir dire que tous nous avons été sensibles aux paroles aimables de M. Terrat. La soirée a donc été excellente pour tous, excepté pourtant pour Zola, QUI NE L'A PAS VOLÉ.

Nous ne citons pas les articles des grands journaux catholiques : *L'Univers*, le *Monde*, *La Vérité*, *La Croix*, etc., etc., mais leurs récits émus ont dû aller au cœur du conférencier, et l'encourager à rester là-bas aux pieds de la Vierge de Lourdes pour être toujours son féal chevalier.

Constatons seulement, en terminant, qu'une attaque contre la Sainte Vierge ne porte jamais bonheur. Avant Lourdes, M. Zola était l'écrivain discuté dans le monde littéraire. Les catholiques, élevés à la pure et délicate école du Christ, disaient : « Cet homme a du talent, mais il se trompe dans son emploi ! » Et, sans le détester, ils tenaient le romancier à distance, en souhaitant pour lui une conception véritable du rôle de l'écrivain.

Aujourd'hui, M. Zola est jugé plus sévèrement, car, après avoir appris sur les genoux de sa mère à balbutier le nom de Marie, il a voulu, sans provocation, et sans document, ébranler son radieux piédestal de Lourdes et jeter le doute dans l'âme des petits et des humbles qui ne savent pas se défendre.

Dieu peut pardonner ces fautes-là ; l'humanité, moins clémente, s'en souvient toujours ; et si M. Zola, caché dans un coin du Cercle du Luxembourg, eût vu l'attitude de ces 1500 personnes, représentant, dans la capitale des lettres, toute une élite de la société qui pense, s'il les eût entendues applaudir celui qui rétablissait la vérité des faits, lui, l'homme de tous les dédains, eût peut-être douté de lui-même et de son œuvre.

Que ne l'a-t-il fait plus tôt!....

PIERRE L'ERMITE.



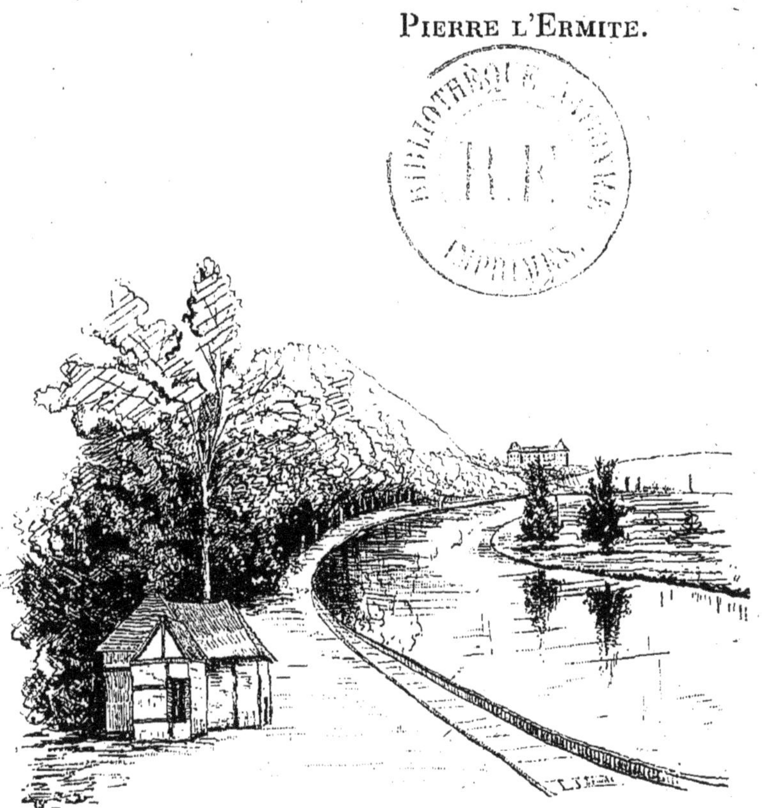

Ancien bureau des Constatations : celui où fut reçu Zola.

802-94. — Imprimerie E. PETITHENRY, 8, rue François I^er, Paris.

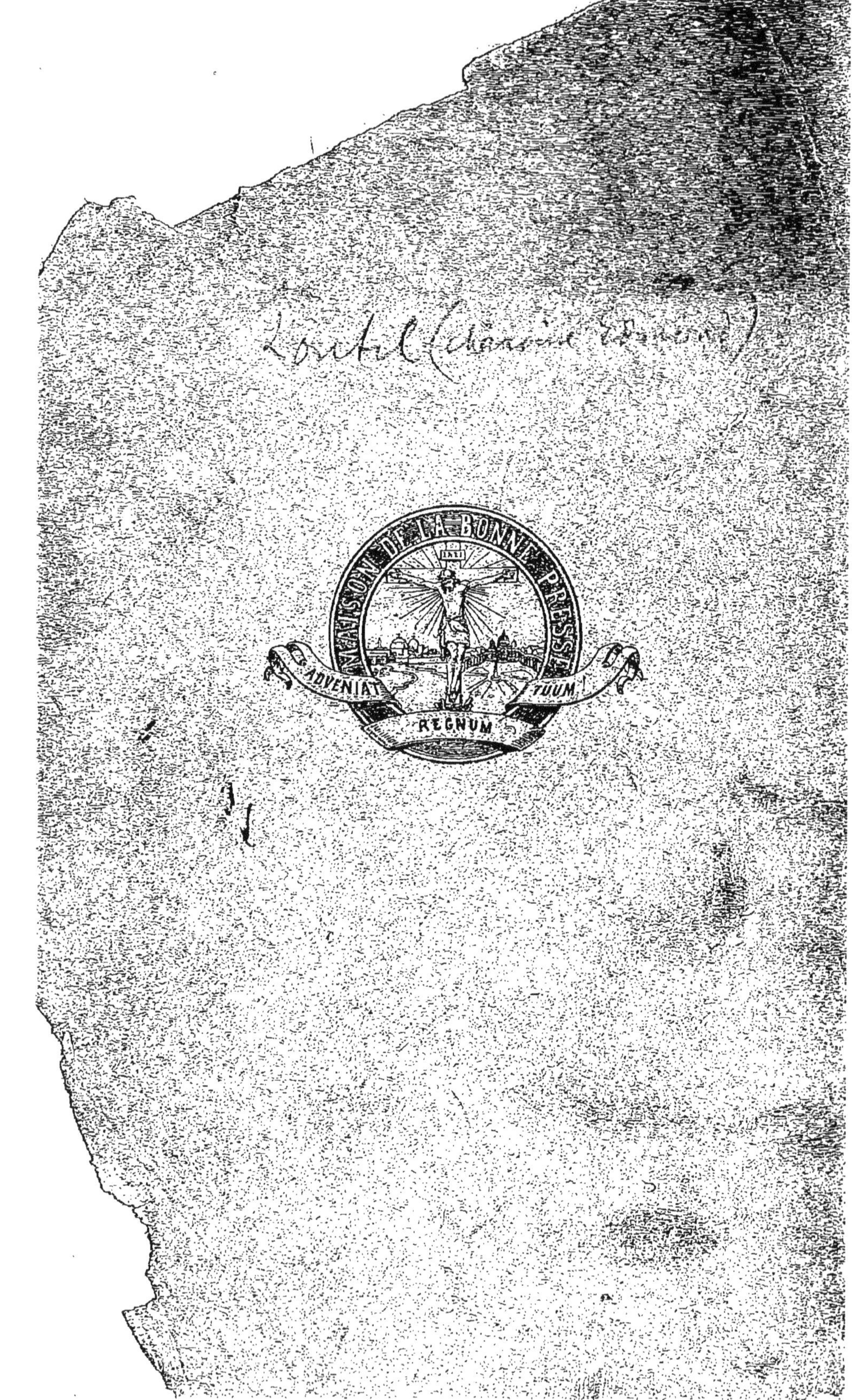
MAISON DE LA BONNE PRESSE
INRI
ADVENIAT
REGNUM
TUUM

www.ingramcontent.com/pod-product-compliance
Ingram Content Group UK Ltd.
Pitfield, Milton Keynes, MK11 3LW, UK
UKHW022120190726
13855UKWH00003B/980